O MESTRE DO MUNDO

COLEÇÃO DUETOS

JÚLIO VERNE

1904

Traduzido por Sheila B Koerich

CAPÍTULO 1. O QUE ACONTECEU NA MONTANHA

Esta cadeia de montanhas, paralela à costa atlântica americana, que atravessa Carolina do Norte, Virgínia, Maryland, Pensilvânia, Estado de Nova York, tem o nome duplo de Montes Allegheny e Cordilheira dos Apalaches. É composto por duas cadeias distintas: a oeste, as Montanhas Cumberland, a leste, as Montanhas Blue Ridge.

Se este sistema orográfico - o mais considerável nesta parte da América do Norte - se estende por cerca de mil e seiscentos quilômetros, não excede mil e oitocentos metros de altitude média e seu ponto mais alto é marcado pelo Monte Washington.

Esse tipo de espinha dorsal, cujas duas extremidades mergulham, uma nas águas do Alabama, a outra nas águas do Rio São Lourenço, apenas recebe moderadamente a visita de montanhistas - seu cume superior com baixo oxigênio dificulta a travessia de amadores. Portanto, havia um ponto nessa cadeia, o Great Eyrie, que os turistas não conseguiam alcançar, e parecia como se fosse, por assim dizer, inacessível.

Contudo, embora tenha sido até então negligenciado pelos muitos montanhistas, o Grande Eyry não demorou a provocar a atenção e até a ansiedade do público por razões muito particulares que devo relatar no início desta história.

Se falo de mim mesmo nesta história, é porque estive profundamente envolvido nos seus acontecimentos assustadores, acontecimentos sem dúvida entre os mais extraordinários que este século XX testemunhará. Às vezes até me pergunto se tudo isso realmente aconteceu, se suas imagens habitam verdadeiramente na minha memória e não apenas na minha imaginação. Na minha posição de inspetor-chefe do Departamento de Polícia Federal em Washington, incitado ainda mais pelo desejo, que sempre foi muito forte em mim, de investigar e compreender tudo o que é misterioso, naturalmente me interessei muito por esses acontecimentos marcantes. E como tenho sido empregado pelo governo em vários assuntos importantes e missões secretas desde que era um mero garoto, também aconteceu muito naturalmente que o chefe do meu departamento colocasse a meu encargo essa espantosa investigação, na qual me vi lutando com tantos mistérios impenetráveis.

Nas passagens marcantes desta história, é importante que você acredite na minha palavra. Para alguns dos fatos não posso trazer outro testemunho além do meu próprio. Se você não quiser acreditar em mim, que assim seja. Eu mesmo não posso acreditar em tudo isso.

Os estranhos acontecimentos começaram na parte ocidental do nosso grande estado americano da Carolina do Norte. Lá, no meio das Montanhas Blue Ridge sobe a crista chamada Great Eyrie. Sua enorme forma arredondada é distintamente vista da pequena cidade de Morganton no Rio Catawba, e ainda mais claramente quando se aproxima das montanhas pelo caminho da vila de Pleasant Garden.

Por que o nome Great Eyrie foi originalmente dado a esta montanha pelos povos da região ao redor, não tenho certeza. Ela se ergue rochosa e sombria e inacessível, e sob certas condições atmosféricas tem um efeito peculiarmente azul e distante. Mas a ideia que naturalmente se teria do nome é de um refúgio para aves de rapina, águias condores, abutres; o lar de um grande número de tribos emplumadas, rodando e gritando acima dos picos além do alcance do homem. Agora, o Great Eyrie não parecia particularmente atraente para as aves; pelo contrário, as pessoas da região começaram a observar que, em certos dias, quando as aves se aproximavam de seu cume, sobrevoavam ainda mais longe, circulavam alto acima da crista, e depois voavam rapidamente, perturbando o ar com duros gritos.

Por que então o nome de Great Eyrie? Talvez fosse melhor chamar o monte de "cratera", pois no centro daquelas paredes íngremes e arredondadas poderia muito bem haver uma enorme bacia profunda. Talvez até pudesse haver dentro do seu circuito um lago de montanha, como existe em outras partes do sistema montanhoso dos Apalaches, uma lagoa alimentada pela chuva e pela neve do inverno.

Em resumo, não era este o local de um antigo vulcão, que havia dormido durante séculos, mas cujos fogos interiores ainda poderiam reavivar? Não poderia o Great Eyrie reproduzir em sua vizinhança a violência do vulcão Krakatoa ou o terrível desastre do Monte Pelée? Se houvesse de fato um lago central, não haveria o perigo de que suas águas, penetrando nos estratos inferiores, fossem transformadas em vapor pelos incêndios vulcânicos e rasgassem seu caminho em uma tremenda explosão, inundando as planícies da Carolina com uma erupção como a de 1902 na Martinica?

De fato, com relação a esta última possibilidade, haviam sido observados recentemente certos sintomas que poderiam muito bem ser devidos à ação vulcânica. A fumaça era constantemente vista flutuado sobre a montanha e uma vez os camponeses que passavam por perto escutaram ruídos subterrâneos, rumores inexplicáveis. Um brilho no céu havia coroado a noite.

Quando o vento soprou a nuvem esfumaçada para o leste em direção ao Pleasant Garden, algumas cinzas caíram dela. E, finalmente, em uma noite de tempestade, chamas pálidas, refletidas nas nuvens acima do cume, lançaram sobre o distrito abaixo uma sinistra luz de advertência.

Em presença desses estranhos fenômenos, não é de se estranhar que o povo do distrito vizinho se tenha deslumbrado seriamente. E à inquietação se uniu uma necessidade imperiosa de conhecer a verdadeira condição da montanha. Os jornais da Carolina tinham manchetes flamejantes: "O mistério de Great Eyrie!". Eles questionavam se não era perigoso para o povo morar em uma região assim. Seus artigos despertavam curiosidade e medo - curiosidade entre aqueles que não estavam em perigo, eles mesmos se interessavam pela perturbação apenas como um estranho fenômeno da natureza. Medo naqueles que provavelmente seriam as vítimas se uma catástrofe realmente ocorresse. Os mais imediatamente ameaçados eram os cidadãos de Morganton, e mais ainda o bom povo de Pleasant Garden e dos povoados e fazendas ainda mais próximos da montanha.

Com certeza era lamentável que os montanhistas não tivessem tentado subir até o cume de Great Eyrie. Os penhascos rochosos que o rodeavam nunca haviam sido escalados. Talvez não oferecessem nenhum caminho pelo qual até o escalador mais ousado pudesse penetrar até o interior. No entanto, se uma erupção vulcânica ameaçava toda a região ocidental das Carolinas, então um exame completo da montanha se tornava absolutamente necessário.

Agora, antes que se tentasse a verdadeira subida na cratera, com suas muitas e sérias dificuldades, havia um caminho que oferecia a oportunidade de reconhecer o interior, com a escalada dos precipícios. Nos primeiros dias de setembro daquele memorável ano, um conhecido aeronauta chamado Wilker veio a Morganton com seu balão. Esperando uma brisa do leste, ele podia facilmente se erguer em seu balão e se arrastar sobre o Great Eyrie. Lá, de uma altura segura acima, ele poderia observar com um poderoso telescópio em suas profundezas. Assim, ele saberia se a boca de um vulcão realmente estava se abrindo em meio às poderosas rochas. Esta era a questão principal. Se isso fosse resolvido, saberíamos se a região vizinha deveria temer uma erupção em algum momento mais ou menos distante.

A ascensão foi iniciada de acordo com o programa sugerido. O vento estava justo e constante; o céu limpo; as nuvens da manhã desapareciam sob os raios vigorosos do sol. Se o interior do Great Eyrie não estivesse cheio de fumaça, o aeronauta seria capaz de procurar com seu equipamento por toda sua extensão. Se os vapores estivessem subindo, ele, sem dúvida, poderia detectar sua origem.

O balão subiu de uma só vez a uma altura de mil e quinhentos metros, e ali descansou quase imóvel durante um quarto de hora. Evidentemente, o vento leste, que era brutal sobre a superfície da terra, não se fazia sentir a essa altura. Então, por azar, o balão foi apanhado por uma corrente adversa, e começou a se deslocar em direção ao leste. Sua distância da cadeia montanhosa aumentou rapidamente. Apesar de todos os esforços do aeronauta, os cidadãos de Morganton viram o balão desaparecer no horizonte. Mais tarde, souberam que ele havia pousado nas proximidades de Raleigh, na capital da Carolina do Norte.

Tendo fracassado esta tentativa, concordou-se que deveria ser tentado novamente em melhores condições. De fato, ouvia-se novas rumores da montanha, acompanhados de nuvens pesadas e vislumbres ondulantes de luz durante a noite. As pessoas começaram a perceber que o Great Eyrie era uma grave e talvez iminente fonte de perigo. Sim, o estado inteiro estava sob a ameaça de algum desastre sísmico ou vulcânico.

Durante os primeiros dias de abril daquele ano, essas apreensões mais ou menos vagas se transformaram em pânico real. Os jornais deram pronto eco ao terror público. O distrito inteiro entre estas montanhas e Morganton estava certo de que uma erupção estava próxima.

Na noite do dia 4 de abril, o bom povo de Pleasant Garden foi despertado por um súbito alvoroço. Eles pensaram que as montanhas estavam caindo sobre eles. Eles correram de suas casas, prontos para partir imediatamente, temendo ver aberto diante deles um imenso abismo, engolfando as fazendas e vilarejos por quilômetros ao redor.

A noite estava muito escura. Um peso de nuvens carregadas pressionava sobre a planície. Mesmo que fosse dia, as cristas das montanhas teriam estado invisíveis.

No meio dessa obscuridade impenetrável, não houve resposta aos gritos que surgiram de todos os lados. Grupos assustados de homens, mulheres e crianças apalpavam o seu caminho pelas estradas escuras em confusão selvagem. De todos os lados vinham as vozes gritantes: "É um terremoto!" "É uma erupção!" "De onde vem isso?" "Do Great Eyrie!"

Em Morganton correu a notícia de que pedras, lava, cinzas, estavam chovendo sobre a cidade.

Cidadãos astutos, porém, observaram que se houvesse uma erupção o ruído teria continuado e aumentado, as chamas teriam aparecido acima da cratera; ou pelo menos os seus reflexos esbugalhados teriam penetrado nas nuvens. Agora, mesmo esses reflexos não eram mais vistos. Se tivesse havido um terremoto, as pessoas aterrorizadas viram que pelo menos suas casas não tinham desmoronado sob o choque. Era possível que o alvoroço tivesse sido causado por uma avalanche, a queda de alguma pedra poderosa do cume das montanhas.

Uma hora se passou sem que houvesse outro incidente. Um vento do oeste, varrendo a longa cadeia de Blue Ridge, deixou os pinheiros rasgados nas encostas mais altas. Não parecia haver nova causa de pânico; e as pessoas começaram a voltar para suas casas. Todos, porém, esperaram impacientemente o retorno do dia.

Então, de repente, às três horas da manhã, outro alarme! As chamas saltaram sobre a parede rochosa do Great Eyrie. Refletidas das nuvens, elas iluminaram a atmosfera por uma grande distância. Um crepitar, como se fosse de muitas árvores em chamas, foi ouvido.

Houve um incêndio espontâneo? E a que causa se deveu? Um raio não poderia ter iniciado a conflagração, pois nenhum trovão havia sido ouvido. É verdade, havia muito material para o fogo; a naquele tempo a cadeia de Blue Ridge era bem arborizada. Mas essas chamas foram muito repentinas para qualquer causa comum.

"Uma erupção! Uma erupção!"

O grito ressoava de todos os lados. Uma erupção! O Great Eyrie era então de fato a cratera de um vulcão enterrado nas entranhas das montanhas? E depois de tantos anos, tantas eras até, será que ele reavivou? Acrescentada às chamas, havia uma chuva de pedras e cinzas prestes a seguir? As lavas iam derramar torrentes de fogo derretido, destruindo tudo em sua passagem, aniquilando as cidades, as aldeias, as fazendas, todo esse belo mundo de prados, campos e florestas, até mesmo até Pleasant Garden e Morganton?

Desta vez o pânico foi avassalador; nada poderia detê-lo. Mulheres carregando seus filhos, loucas de terror, correram pelas estradas do leste. Os homens, desertando de suas casas, faziam fardos apressados de seus pertences mais preciosos e libertavam seu gado, vacas, ovelhas, porcos, que fugiam em todas as direções. Que desordem resultou dessa aglomeração, humana e animal, sob a noite mais escura, em meio às florestas, ameaçadas pelos incêndios do vulcão, ao longo da fronteira de pântanos cujas águas poderiam ser agitadas e transbordar! Com a própria terra ameaçando desaparecer abaixo dos pés dos fugitivos! Estariam a tempo de se salvar, se uma cascata de lava resplandecente descesse a encosta da montanha pelo seu caminho?

No entanto, alguns dos chefes e donos de fazendas mais astutos não foram varridos nessa louca fuga - e eles fizeram o melhor que puderam para contê-la. Aventurando-se a um quilometro e meio da montanha, eles viram que o brilho das chamas estava diminuindo. Na verdade, dificilmente parecia que a região era imediatamente ameaçada por qualquer outra convulsão. Nenhuma pedra estava sendo lançada no espaço; nenhuma torrente de lava era visível nas encostas; nenhum rumor se elevava do chão. Não havia mais manifestação de qualquer distúrbio sísmico capaz de dominar a terra.

A fuga dos fugitivos cessou longamente, a uma distância que parecia segura de todo perigo. Então alguns poucos se aventuraram a voltar para a montanha. Algumas fazendas foram reocupadas antes do amanhecer.

Pela manhã, as cristas do Great Eyrie não mostravam praticamente o menor remanescente de sua nuvem de fumaça. Os incêndios estavam certamente no fim; e se fosse impossível determinar sua causa, poderia pelo menos se esperar que não voltassem a deflagrar.

Parecia possível que o Great Eyrie não tivesse sido de fato o teatro dos fenômenos vulcânicos. Não havia mais evidências de que a vizinhança estivesse à mercê tanto de erupções como de terremotos.

Mais uma vez, por volta das cinco horas, de baixo da crista da montanha, onde as sombras da noite ainda permaneciam, um estranho ruído varreu o ar, uma espécie de rodopio, acompanhado pelo batimento de asas poderosas. E se tivesse sido um dia claro, talvez os fazendeiros tivessem visto a passagem de uma poderosa ave de rapina, algum monstro dos céus, que tendo se erguido do Great Eyrie, se afastou em direção ao leste.

CAPÍTULO 2.
EU CHEGUEI A
MORGANTON

No dia 27 de abril, tendo saído de Washington na noite anterior, cheguei a Raleigh, capital do estado da Carolina do Norte.

Dois dias antes, o chefe da polícia federal havia me chamado para o seu gabinete. Ele estava me esperando com alguma impaciência. "John Strock," disse ele, "você ainda é o homem que em tantas ocasiões provou para mim tanto sua devoção quanto sua habilidade?"

"Sr. Ward," respondi, com um gesto, "não posso prometer sucesso ou mesmo habilidade, mas quanto a minha devoção, asseguro-lhe, é sua."

"Eu não duvido," respondeu o chefe. "E eu lhe farei esta pergunta mais exata: Você ainda gosta de enigmas? Ainda é tão ansioso para penetrar nos mistérios, como era antes?"

"Eu sou, Sr. Ward."

"Bem, Strock, então ouça."

O Sr. Ward, um homem de cerca de cinquenta anos, de grande

poder e intelecto, era dono completo da importante posição que ocupava. Ele me confiou várias vezes missões difíceis que eu havia cumprido com sucesso, e que me conquistaram a confiança dele. Durante vários meses, no entanto, ele não tinha encontrado nenhuma ocasião para os meus serviços. Por isso, esperei com impaciência o que ele tinha a dizer. Não duvidei que o seu questionamento implicasse uma tarefa séria e importante para mim.

"Sem dúvida você sabe," disse ele, "o que aconteceu nas Montanhas Blue Ridge, perto de Morganton."

"Certamente, Sr. Ward, os fenômenos relatados a partir daí têm sido singulares o suficiente para despertar a curiosidade de qualquer um."

"Eles são singulares, até mesmo notáveis, Strock. Não há dúvidas sobre isso. Mas há também motivos para perguntar, se esses fenômenos sobre o Great Eyrie não são fonte de perigo contínuo para as pessoas de lá, se elas não são precursoras de algum desastre tão terrível quanto misterioso."

"É de se temer, senhor."

"Então devemos saber, Strock, o que há dentro daquela montanha. Se estamos indefesos diante de alguma grande força da natureza, as pessoas devem ser advertidas a tempo do perigo que as ameaça."

"É claramente o dever das autoridades, Sr. Ward," respondi, "aprender o que está acontecendo lá dentro."

"É verdade, Strock; mas isso apresenta grandes dificuldades. Todos relatam que é impossível escalar os precipícios de Great

Eyrie e chegar ao seu interior. Mas alguém já tentou fazê-lo com aparelhos científicos e nas melhores condições? Eu duvido, e acredito que uma tentativa resoluta pode trazer sucesso."

"Nada é impossível, Sr. Ward; o que enfrentamos aqui é apenas uma questão de despesa."

"Não devemos considerar as despesas quando estamos procurando tranquilizar uma população inteira, ou preservá-la de uma catástrofe. Há outra sugestão que eu faria para você. Talvez este Great Eyrie não seja tão inacessível como é suposto. Talvez um bando de malfeitores tenha acampado ali, ganhando acesso por meios conhecidos apenas por eles mesmos."

"O quê? Você suspeita que os assaltantes..."

"Talvez eu esteja errado, Strock; e todos esses sons e visões estranhas têm tido causas naturais. Bem, é isso que temos que resolver, e o mais rápido possível."

"Eu tenho uma pergunta a fazer."

"Vá em frente, Strock."

"Quando o Great Eyrie tiver sido visitado, quando soubermos a origem desses fenômenos, se realmente houver uma cratera lá e uma erupção for iminente, podemos evitá-la?"

"Não, Strock; mas podemos estimar a extensão do perigo. Se algum vulcão no Allegheny ameaça a Carolina do Norte com um desastre semelhante ao da Martinica, enterrado sob as efusões do Monte Pelée, então essas pessoas devem deixar suas casas."

"Espero, senhor, que não haja um perigo tão generalizado."

"Acho que não, Strock; parece-me altamente improvável que exista um vulcão ativo na cordilheira de Blue Ridge. Nosso sistema montanhoso dos Apalaches não tem origem vulcânica em nenhum lugar. Mas todos esses eventos não podem ser sem base. Em suma, Strock, decidimos fazer uma investigação rigorosa sobre os fenômenos do Great Eyrie: recolher todos os testemunhos, questionar as pessoas das cidades e fazendas. Para isso, fiz a escolha de um agente em quem temos total confiança; e esse agente é você, Strock."

"Ótimo! Estou pronto, Sr. Ward," eu disse, "e esteja certo de que não negligenciarei nada e lhe trarei informações completas."

"Eu sei disso, Strock, e vou acrescentar que o considero especialmente apto para o trabalho. Você terá uma esplêndida oportunidade de exercitar, e espero satisfazer, a sua paixão favorita da curiosidade."

"Como você diz, senhor."

"Você será livre para agir de acordo com as circunstâncias. Quanto às despesas, se parece haver motivo para organizar uma festa de ascensão, que será cara, você tem carta branca."

"Vou agir da melhor forma, Sr. Ward."

"Deixe-me adverti-lo para agir com toda a discrição possível. As pessoas nas proximidades já estão muito entusiasmadas. Será bom se mover secretamente. Não mencione as suspeitas que eu lhe sugeri. E acima de tudo, evite despertar qualquer pânico."

"Está entendido."

"Você será credenciado ao prefeito de Morganton, que o ajudará. Mais uma vez, seja prudente, Strock, e não conte a ninguém sobre sua missão, a menos que seja absolutamente necessário. Você tem dado muitas vezes provas de sua inteligência e direção; e desta vez eu me sinto seguro de que terá sucesso."

Eu perguntei-lhe apenas "Quando devo começar?"

"Amanhã."

"Amanhã deixarei Washington; e no dia seguinte, estarei em Morganton."

Que pouca suspeita eu tinha do que o futuro tinha reservado para mim!

Voltei imediatamente para minha casa onde me preparei para a partida; e na noite seguinte me dirigi para Raleigh. Lá eu passei a noite, e no decorrer da tarde seguinte cheguei na estação ferroviária de Morganton.

Morganton é apenas uma pequena cidade, construída sobre camadas do período jurássico, particularmente rica em carvão. Suas minas lhe dão alguma prosperidade. Possui também inúmeras fontes de água mineral, de modo que a temporada lá atrai muitos visitantes. Ao redor de Morganton há uma rica região agrícola, com amplos campos de grãos. Fica no meio de pântanos, coberta de musgos e juncos. As florestas sempre verdes sobem no alto das encostas das montanhas. Tudo o que falta na região são os poços de gás natural, essa inestimável fonte natural de energia, luz e calor, tão abundante na maior parte dos vales de Allegheny. As aldeias e fazendas são numerosas até os limites das montanhas. Assim havia muitos milhares de pessoas ameaçadas, se o Great Eyrie provasse ser de fato um vulcão, se as convulsões da natureza se estendessem a Pleasant Garden e a Morganton.

O prefeito de Morganton, Sr. Elias Smith, era um homem alto, vigoroso e empreendedor, com quarenta anos ou mais, e de saúde para desafiar todos os médicos das duas Américas. Foi um grande caçador de ursos e panteras, bestas que ainda podem ser encontradas nas gargantas selvagens e nas poderosas florestas de Allegheny.

O próprio Sr. Smith era um rico proprietário de terras, possuindo várias fazendas no condado. Mesmo seus inquilinos mais distantes recebiam visitas frequentes dele. De fato, sempre que seus deveres oficiais não o mantinham em sua chamada casa em Morganton, ele estava explorando a região vizinha, irresistivelmente atraído pelos instintos de caçador.

Fui imediatamente para a casa do Sr. Smith. Ele estava me esperando, tendo sido avisado por telegrama. Ele me recebeu muito francamente, sem nenhuma formalidade - seu cachimbo na boca, um copo de aguardente na mesa. Um segundo copo foi trazido por um criado, e eu tive que beber com meu anfitrião antes de começar nossa entrevista.

"O Sr. Ward o enviou," disse-me ele em um tom jovial. "Bem; vamos brindar à saúde do Sr. Ward."

Eu brindei com ele, e bebi em homenagem ao chefe da polícia.

"E agora," exigiu Elias Smith, "o que o está preocupando?"

Nisso dei a conhecer ao prefeito de Morganton a causa e o propósito da minha missão na Carolina do Norte. Eu lhe assegurei que meu chefe tinha me dado todo o poder, e que me daria toda a assistência, financeira e não só, para resolver o enigma e aliviar a vizinhança de sua ansiedade em relação ao Great Eyrie.

Elias Smith me escutou sem dizer uma palavra, mas não sem várias vezes reabastecer o copo dele e o meu. Enquanto ele bufava firmemente no cachimbo, a atenção que ele me dava era indiscutível. Eu via as bochechas dele envermelharem de vez em quando, e os olhos dele brilharem sob as sobrancelhas ocupadas. Evidentemente o magistrado principal de Morganton estava inquieto com o caso de Great Eyrie, e estava tão ansioso quanto eu para descobrir a causa desses fenômenos.

Quando terminei minha comunicação, Elias Smith olhou para mim por alguns momentos em silêncio. Então ele disse, suavemente: "Então em Washington eles querem saber o que Great Eyrie esconde dentro do seu circuito?"

"Sim, Sr. Smith."

"E você, também?"

"Eu quero."

"Também eu, Sr. Strock."

Ele e eu éramos complacentes em nossa curiosidade.

"Você vai entender," acrescentou ele, batendo as cinzas do seu cachimbo, "que como proprietário de terra, estou muito interessado nestas histórias de Great Eyrie, e como prefeito, quero proteger os meus eleitores."

"Uma dupla razão," comentei, "para estimular você a descobrir a causa dessas ocorrências extraordinárias! Sem dúvida, meu caro Sr. Smith, elas lhe pareceram tão inexplicáveis e tão ameaçadoras quanto ao seu povo."

"Inexplicáveis, certamente, Sr. Strock. Pois de minha parte, não acredito que o Great Eyrie possa ser um vulcão; os Montes Allegheny não são de origem vulcânica. Eu mesmo, em nosso distrito imediato, nunca encontrei vestígios geológicos de escória, ou lava, ou qualquer rocha eruptiva. Não creio, portanto, que Morganton possa ser ameaçado por tal fonte."

"Você realmente acha que não, Sr. Smith?"

"Certamente."

"Mas esses tremores da terra que foram sentidos na vizinhança?"

"Sim, esses tremores! Esses tremores," repetiu o Sr. Smith, balançando a cabeça; "mas, em primeiro lugar, é certo que tem havido tremores? No momento em que as chamas mais afiadas apareceram, eu estava na minha fazenda Wildon, a menos de um quilômetro de Great Eyrie. Certamente houve um tumulto no ar, mas não senti nenhum estremecimento de terra."

"Mas nos relatórios enviados ao Sr. Ward..."

"Relatórios feitos sob o impulso do pânico," interrompeu o prefeito de Morganton. "Eu não mencionei nenhum tremor de terra no meu relatório."

"Mas quanto às chamas que se elevaram claramente acima da crista?"

"Sim, quanto a elas, Sr. Strock, é diferente. Eu as vi; as vi com meus próprios olhos, e as nuvens certamente as refletiram por quilômetros ao redor. Além disso, os ruídos certamente vinham da cratera de Great Eyrie, assobios, como se uma grande caldeira estivesse desabafando."

"Você tem um testemunho confiável disso?"

"Sim, a prova dos meus próprios ouvidos."

"E em meio a esse barulho, Sr. Smith, o senhor acreditava ter ouvido o mais notável de todos os fenômenos, um som como o bater de grandes asas?"

"Eu pensei assim, Sr. Strock; mas que pássaro poderoso poderia ser este, que acelerou após as chamas terem morrido, e que asas poderiam alguma vez fazer sons tão tremendos? Portanto, eu questiono seriamente se isso não deve ter sido um engano da minha imaginação. O Great Eyrie um refúgio para monstros desconhecidos do céu! Não teriam sido vistos há muito tempo, subindo acima de seu imenso ninho de pedra? Em suma, há em tudo isso um mistério que ainda não foi resolvido."

"Mas vamos resolvê-lo, Sr. Smith, se me der a sua ajuda."

"Com certeza, Sr. Strock; amanhã começaremos nossa campanha."

"Amanhã." E sobre essa palavra o prefeito e eu nos separamos. Fui para um hotel e me estabeleci para uma estadia que poderia ser indefinidamente prolongada. Depois de jantar e escrever ao Sr. Ward, voltei a ver o Sr. Smith à tarde, e combinei de deixar Morganton com ele ao amanhecer.

Nosso primeiro objetivo seria empreender a subida da montanha, com o auxílio de dois guias experientes. Estes homens tinham subido o Monte Mitchell e outros dos picos mais altos que Blue Ridge. Eles nunca, no entanto, haviam tentado o Great Eyrie, sabendo que suas paredes de penhascos inacessíveis o defendiam de todos os lados. Além disso, antes das recentes ocorrências assustadoras, o Great Eyrie não havia atraído particularmente a atenção dos turistas. O Sr. Smith conhecia os dois guias pessoalmente como homens ousados, habilidosos e de confiança. Eles não parariam em nenhum obstáculo; e nós estávamos decididos a segui-los através de tudo.

Além disso, o Sr. Smith observou por fim que talvez não fosse mais tão difícil como antes penetrar no Great Eyrie.

"E por quê?" perguntei.

"Porque um enorme bloco rompeu-se recentemente do lado da montanha e talvez tenha deixado o caminho ou entrada praticáveis."

"Isso seria uma sorte, Sr. Smith."

"Saberemos tudo sobre isso, Sr. Strock, o mais tardar amanhã."

"Até amanhã, então."

CAPÍTULO 3. O GREAT EYRIE

No dia seguinte, ao amanhecer, Elias Smith e eu saímos de Morganton por uma estrada que, sinuosa ao longo da margem esquerda do Rio Catawba, levava ao vilarejo de Pleasant Garden. Dois guias nos acompanharam, Harry Horn, um homem de trinta anos, e James Bruck, de vinte e cinco. Ambos eram nativos da região, e em constante demanda entre os turistas que escalavam os picos das montanhas Blue Ridge e Cumberland.

Uma carroça leve com dois bons cavalos foi providenciada para nos levar até o pé da encosta. Ela continha mantimentos para dois ou três dias, pois nossa viagem certamente não seria muito demorada. O Sr. Smith se revelou um fornecedor generoso tanto em carnes quanto em bebidas alcoólicas. Quanto à água, as nascentes da montanha a abasteciam em abundância, aumentada pelas fortes chuvas, frequentes naquela região durante a primavera.

É desnecessário acrescentar que o prefeito de Morganton, em seu papel de caçador, trouxe consigo sua arma e seu cachorro, Nisko, que subiu alegremente sobre a carroça. Nisko, no entanto, ficou para trás na fazenda de Wildon, quando tentamos nossa ascensão. Ele não poderia nos seguir até o Great Eyrie com seus penhascos para escalar e suas fendas para atravessar.

O dia estava lindo, o ar fresco naquele clima ainda é puro em uma manhã de abril. Algumas nuvens se precipitaram rapidamente sobre a superfície, impulsionadas por uma leve brisa que varria as longas planícies, desde o distante Atlântico. O sol que espreitava em intervalos, iluminava toda a vegetação jovem e fresca do campo.

Um mundo inteiro animou a floresta pela qual passamos. Em frente de nossos equipamentos fugiram esquilos, ratos de campo, periquitos de cores brilhantes – todos em loquacidade ensurdecedora. Os gambás passaram em saltos apressados, levando as crias em suas bolsas. Centenas de pássaros estavam espalhadas entre a folhagem de figueiras e palmeiras, de forma tão luxuriante, como se suas matas fossem impenetráveis.

Chegamos naquela noite a Pleasant Garden, onde nos instalamos confortavelmente para passar a noite na residência do prefeito da cidade - um amigo particular do Sr. Smith. Pleasant Garden provou ser pouco mais que uma vila; mas seu prefeito nos deu uma recepção calorosa e generosa, e nós jantamos agradavelmente em sua encantadora casa, que ficava sob as sombras de algumas faias gigantes.

Naturalmente a conversa girou sobre a nossa tentativa de explorar o interior de Great Eyrie. "Vocês estão certos," disse nosso anfitrião, "até que todos saibamos o que está escondido lá dentro, nosso povo permanecerá inquieto."

"Nada de novo ocorreu," perguntei, "desde a última aparição das chamas acima de Great Eyrie?"

"Nada, Sr. Strock. De Pleasant Garden podemos ver a crista inteira da montanha. Nenhum barulho suspeito chegou até nós. Nem uma faísca se levantou. Se uma legião de demônios está ali escondida, eles devem ter terminado a sua culinária infernal, e voado para algum outro assombro."

"Demônios!" gritou o Sr. Smith. "Bem, espero que eles não tenham descampado sem deixar alguns traços de sua ocupação, algumas pegadas de cascos ou chifres ou caudas. Nós os descobriremos."

Na manhã seguinte, dia 29 de abril, recomeçamos ao amanhecer. Ao final deste segundo dia, esperávamos chegar à fazenda de Wildon, no sopé da montanha. O caminho era muito parecido com o anterior, só que nosso trajeto levava a uma subida mais acentuada. Florestas e pântanos se alternavam, embora estes últimos se tornassem mais esparsos, sendo drenados pelo sol quando nos aproximávamos dos níveis mais altos. O território também era menos populoso. Havia apenas alguns pequenos povoados, quase perdidos sob as faias, algumas fazendas solitárias, regadas abundantemente pelos muitos riachos que corriam para baixo em direção ao rio Catawba.

As aves e feras menores surgiam ainda mais numerosas ali. "Estou muito tentado a pegar minha arma," disse o Sr. Smith, "e a sair com Nisko. Esta será a primeira vez que eu passo por aqui sem tentar a sorte com as perdizes e lebres. As boas bestas não me reconhecerão. Mas não só temos muitos mantimentos, como temos uma perseguição maior em mãos hoje. A perseguição de um mistério."

"E esperemos," acrescentei, "não retornar como caçadores decepcionados."

Pela tarde toda a cadeia de Blue Ridge se estendeu à nossa frente a uma distância de apenas dez quilômetros. As cristas das montanhas estavam bem delineadas contra o céu claro. Bem arborizadas na base, elas ficaram mais nuas e mostravam apenas perenidades atrofiadas em direção ao cume. Ali as árvores raspadas, grotescamente torcidas, deram às alturas rochosas uma aparência sombria e bizarra. Aqui e ali o cume subia em picos acentuados. À nossa direita o monte Black Dome, com quase dois mil e cem metros de altura, erguia sua gigantesca cabeça, brilhando às vezes acima das nuvens.

"Você já escalou aquele monte, Sr. Smith?" eu perguntei.

"Não," respondeu ele, "mas me disseram que é uma ascensão muito difícil. Alguns montanhistas o escalaram; mas relatam que não tem perspectiva comandando a cratera de Great Eyrie."

"De fato," disse o guia, Harry Horn, "eu mesmo tentei."

"Talvez," sugeri eu, "o tempo estivesse desfavorável."

"Pelo contrário, Sr. Strock, estava um dia invulgarmente claro. Mas a parede do Great Eyrie daquele lado sobe tão alta, que esconde completamente seu interior."

"Avante!" gritou o Sr. Smith. "Não me arrependerei de pôr os pés onde ninguém jamais pisou, ou sequer olhou."

Certamente neste dia o Great Eyrie parecia tranquilo o suficiente. Ao observarmos sua movimentação, não se levantou das suas alturas nem fumaça nem chama.

Às cinco horas nossa expedição parou na fazenda Wildon, onde os inquilinos receberam calorosamente seu senhorio. O fazendeiro nos garantiu que nada de notável havia acontecido sobre o Great Eyrie por algum tempo. Jantamos em uma mesa comum com todas as pessoas da fazenda; e o nosso sono naquela noite foi sadio e totalmente tranquilo por premonições do futuro.

No dia seguinte, antes do amanhecer, partimos para a subida da montanha. A altura total do Great Eyrie ultrapassa mil e quinhentos metros. Uma altitude modesta, muitas vezes ultrapassada nesta seção do Allegheny. Como já estávamos a mais de novecentos metros acima do nível do mar, a fadiga da subida não poderia ser grande. Algumas horas deveriam ser suficientes para nos levar ao topo da cratera. É claro que dificuldades poderiam se apresentar, precipícios a escalar, fissuras e quebras na crista poderiam exigir desvios dolorosos e até perigosos. Este era o desconhecido, o impulso para a nossa tentativa. Como eu disse, nossos guias não sabiam mais do que nós sobre este ponto. O que me deixou ansioso, claro, foi o relato comum de que o Great Eyrie era totalmente inacessível. Mas isto não foi provado. E depois houve a nova chance de que um bloco caído tivesse deixado uma brecha na parede rochosa.

"Finalmente," disse-me o Sr. Smith, após acender o primeiro cachimbo dos vinte ou mais que ele fumava a cada dia, "estamos bem iniciados. Se a subida vai demorar mais ou menos tempo..."

"Em qualquer caso, Sr. Smith," interrompi, "você e eu estamos totalmente decididos a prosseguir nossa busca até o fim."

"Totalmente resolvidos, Sr. Strock."

"Meu chefe me encarregou de roubar o segredo deste demônio do Great Eyrie."

"Nós o arrebatamos dele, querendo ou não," prometeu o Sr. Smith, chamando o Céu para testemunhar. "Mesmo que tenhamos que procurar nas próprias entranhas da montanha."

"Como pode acontecer, então," disse eu, "que a nossa excursão se prolongue para além dos dias de hoje, será bom olhar para as nossas provisões."

"Seja fácil, Sr. Strock; nossos guias têm comida para dois dias em suas mochilas, além do que nós mesmos levamos. Além disso, embora eu tenha deixado meu bravo Nisko na fazenda, eu tenho minha arma. A caça será abundante na mata e nas gargantas da parte baixa da montanha, e talvez no topo encontremos uma fogueira para cozinhá-la, já acesa."

"Já acesa, Sr. Smith?"

"E por que não, Sr. Strock? Estas chamas! Estas chamas soberbas, que tanto aterrorizaram o nosso povo do condado! O fogo deles seria absolutamente frio, não haveri faísca sob as cinzas deles? E então, se isto é realmente uma cratera, o vulcão está tão completamente extinto que não podemos encontrar ali uma única brasa? Oh! Isto seria apenas um pobre vulcão se não tivesse fogo suficiente até para cozinhar um ovo ou assar uma batata. Veremos, repito, vamos ver! Vamos ver!"

Naquele momento da investigação eu não tinha, confesso, nenhuma opinião formada. Eu tinha minhas ordens para examinar o Great Eyrie. Se fosse inofensivo, eu o anunciaria, e as pessoas ficariam tranquilas. Mas no fundo, devo admitir, eu tinha o desejo muito natural de um homem possuído pelo demônio da curiosidade. Eu deveria estar feliz, tanto pelo meu próprio bem como pela fama que teria se o Great Eyrie se tornasse o centro dos fenômenos mais notáveis - dos quais eu descobriria a causa.

Nossa ascensão começou nesta ordem. Os dois guias foram na frente para buscar os caminhos mais praticáveis. Elias Smith e eu seguimos com mais tranquilidade. Montamos por um desfiladeiro estreito e não muito íngreme entre rochas e árvores.

Um minúsculo córrego derramado para baixo sob nossos pés. Durante a estação chuvosa ou após uma forte chuva, a água, sem dúvida, se limitava de rocha para rocha em cascatas tumultuadas. Mas evidentemente era alimentada apenas pela chuva, por enquanto dificilmente poderíamos traçar seu curso. Não poderia ser a saída de nenhum lago dentro do Great Eyrie.

Após uma hora de escalada, a inclinação tornou-se tão íngreme que tivemos que virar, ora para a direita, ora para a esquerda; e o nosso progresso foi muito retardado. Logo o desfiladeiro se tornou totalmente impraticável; seus lados em forma de penhasco não ofereciam uma base de apoio suficiente. Tivemos que nos agarrar em galhos e nos ajoelharmos. A este ritmo, o topo não seria alcançado antes do pôr do sol.

"Fé!" gritou o Sr. Smith, parando para respirar. "Eu percebo porque os montanhistas do Great Eyrie têm sido poucos, tão poucos, que nunca foram acrescentados dentro do meu conhecimento."

"O fato é que," respondi, "seria muito trabalho para muito pouco lucro. E se não tivéssemos razões especiais para persistir em nossa tentativa..."

"Você nunca disse uma palavra mais verdadeira," declarou Harry Horn. "Meu camarada e eu já escalamos a Black Dome várias vezes, mas nunca encontramos obstáculos como estes."

"As dificuldades parecem quase intransponíveis," acrescentou James Bruck.

A questão agora era determinar de que lado deveríamos virar para uma nova rota; para a direita, como para a esquerda, surgiram massas impenetráveis de árvores e arbustos. Na verdade, até mesmo a escalada de falésias teria sido mais fácil. Talvez se conseguíssemos subir esta encosta arborizada poderíamos avançar com um pé mais seguro. Agora, só poderíamos ir adiante cegamente, e confiar nos instintos de nossos dois guias. James Bruck foi especialmente útil. Eu acredito que aquele galante rapaz teria igualado um macaco em leveza e um bode selvagem em agilidade. Infelizmente, nem Elias Smith nem eu éramos capazes de escalar onde ele conseguia.

Entretanto, quando se trata de uma necessidade real comigo, confio que nunca serei retrógrado, sendo resoluto por natureza e bem treinado no exercício físico. Para onde James Bruck fosse, eu estava determinado a ir também; embora isso pudesse me custar algumas quedas desconfortáveis. Mas não foi a mesma coisa com o primeiro magistrado de Morganton, menos jovem, menos vigoroso, maior, mais robusto e menos persistente do que nós. Ele fez todos os esforços, não para retardar o nosso progresso, mas ele se desdobrou como um selo, e logo eu insisti na sua parada para descansar.

Em suma, era evidente que a subida do Great Eyrie exigiria muito mais tempo do que tínhamos estimado. Esperávamos alcançar o pé da parede rochosa antes das onze horas, mas percebemos que ao meio-dia ainda estávamos há várias centenas de metros abaixo dele.

Por volta das dez horas, após repetidas tentativas de descobrir algum caminho mais prático, após inúmeras curvas e retornos, um dos guias deu o sinal para parar. Finalmente nos encontramos na borda superior da floresta pesada. As árvores, mais finamente espaçadas, nos permitiram um vislumbre para cima até a base da parede rochosa que constituía o verdadeiro Great Eyrie.

"Então," disse o Sr. Smith, encostado a um poderoso pinheiro, "um pouco de descanso, e até mesmo um pouco de repasto não correria mal."

"Vamos descansar uma hora," disse eu.

"Sim; depois de trabalharmos nossos pulmões e nossas pernas, faremos nosso estômago funcionar."

Todos nós estávamos de acordo neste ponto. Um descanso com certeza nos refrescaria. Nossa única causa de inquietude era agora o aparecimento da inclinação precipitada acima de nós. Olhamos para cima em direção a uma daquelas faixas nuas chamadas naquela região de "caminho escorregadio". Em meio a esta terra solta, a estas pedras que cedem, e a estas rochas abruptas, não havia estrada.

Harry Horn disse ao seu camarada: "Não vai ser fácil."

"Talvez impossível," respondeu Bruck.

Os comentários deles me causaram um mal-estar secreto. Se eu voltasse sem sequer ter escalado a montanha, minha missão seria um completo fracasso, sem falar da tortura à minha curiosidade. E quando eu estivesse novamente diante do Sr. Ward, envergonhado e confuso, eu deveria demonstrar apenas uma figura arrependida.

Abrimos nossas mochilas e almoçamos moderadamente sobre pão e carnes frias. O nosso repasto terminou, em menos de meia hora, o Sr. Smith se mostrou ansioso para avançar mais uma vez. James Bruck assumiu a liderança; e nós só tínhamos que segui-lo o melhor que pudéssemos.

Avançamos lentamente. Nossos guias não tentaram esconder suas dúvidas e hesitações. Logo Horn nos deixou e foi muito à frente para espionar qual caminho prometia mais chances de sucesso.

Vinte minutos depois ele voltou e nos levou em direção ao noroeste. Era deste lado que a Black Dome se erguia a uma distância de cinco ou seis quilômetros. Nosso caminho ainda era difícil e doloroso, em meio às pedras deslizantes, mantidas no lugar apenas ocasionalmente por arbustos rijos. Depois de uma luta exaustiva, ganhamos uns cem metros mais para cima e nos deparamos com um grande deslizamento, que, neste ponto, quebrava a terra. Aqui e ali havia raízes espalhadas recentemente, galhos quebrados, pedras enormes reduzidas a pó, como se uma avalanche tivesse corrido por este flanco da montanha.

"Esse deve ser o caminho tomado pelo enorme bloco que se separou do Great Eyrie," comentou James Bruck.

"Sem dúvida," respondeu o Sr. Smith, "e acho melhor seguirmos o caminho que ele trilhou para nós."

Foi de fato este caminho que Harry Horn selecionou para nossa ascensão. Nossos pés encontraram alojamento na terra mais firme que tinha resistido à passagem da rocha monstruosa. Nossa tarefa tornou-se assim muito mais fácil, e nosso progresso foi em linha reta para cima, de modo que por volta das onze e meia chegamos à borda superior do "caminho escorregadio".

Diante de nós, a menos de trinta metros de distância, mas elevando-se trinta metros em linha reta no ar, erguia-se a parede rochosa que formava a crista final, a última defesa do Great Eyrie.

Deste lado, o cume do muro mostrava-se caprichosamente irregular, subindo em torres rudes e agulhas recortadas. A certa altura o contorno parecia ser uma enorme águia na silhueta contra o céu, apenas pronta para voar. Neste lado, pelo menos, o precipício era intransponível.

"Descansaremos um minuto," disse o Sr. Smith, "e veremos se é possível contornar a base deste penhasco."

"Em todo caso," disse Harry Horn, "o grande bloco deve ter caído desta parte do penhasco; e não deixou nenhuma brecha para entrarmos."

Ambos estavam certos; teríamos que buscar a entrada em outro lugar. Após um descanso de dez minutos, subimos perto do pé da parede, e começamos a fazer um circuito em sua base.

Certamente o Great Eyrie agora assumiu para os meus olhos um aspecto absolutamente fantástico. Suas alturas pareciam povoadas por dragões e monstros enormes. Se quimeras, grifos, e todas as criações da mitologia tivessem aparecido para guardá-la, eu não deveria ter ficado surpreso.

Com grande dificuldade e não sem perigo, continuamos nosso passeio por essa circunvalação, onde parecia que a natureza tinha funcionado como o homem, com uma regularidade cuidadosa. Em nenhum lugar havia nenhuma ruptura na fortificação; em nenhum lugar encontramos uma falha nas camadas pelos quais se pudesse agarrar. Sempre esta parede gigantesca, com trinta metros de altura!

Após uma hora e meia deste laborioso circuito, recuperamos nosso lugar de partida. Eu não podia esconder a minha decepção, e o Sr. Smith não estava menos decepcionado do que eu.

"Mil demônios!" gritou ele. "Não sabemos melhor do que antes o que está dentro deste Great Eyrie confuso, nem mesmo se é uma cratera."

"Vulcão ou não," disse eu, "agora não há ruídos suspeitos; nem a fumaça nem a chama sobe acima dele; nada que ameace uma erupção."

Isso era verdade. Um profundo silêncio reinava ao nosso redor; e um céu perfeitamente limpo brilhava acima. Provamos a calma perfeita das grandes altitudes.

Vale notar que a circunferência da enorme parede era de cerca de doze ou quinze centímetros. Quanto ao espaço fechado dentro, poderíamos contar que, sem saber a espessura da parede envolvente, era escasso. O entorno estava absolutamente deserto. Provavelmente nenhum ser vivo jamais esteve a esta altura, exceto as poucas aves de rapina que subiam muito acima de nós.

Nossos relógios mostraram três horas, e o Sr. Smith bradou com repulsa: "Para que parar aqui o dia todo? Não vamos aprender mais nada. Temos que recomeçar, Sr. Strock, se quisermos voltar a Pleasant Garden até a noite."

Eu não respondi, e não me movi de onde estava sentado; então ele chamou novamente: "Venha, Sr. Strock; você não responde."

Na verdade, me contrariou profundamente abandonar nosso esforço, para descer a encosta sem ter cumprido minha missão. Eu senti uma necessidade imperiosa de persistir; minha curiosidade tinha redobrado. Mas o que eu poderia fazer? Poderia eu rasgar esta terra inabalável? Sobrevoar o poderoso penhasco? Lançando um último olhar desafiador para o Great Eyrie, eu segui os meus companheiros.

O retorno foi realizado sem grandes dificuldades. Tivemos apenas que deslizar para baixo, onde tão laboriosamente nos esforçamos para cima. Antes das cinco horas descemos as últimas encostas da montanha, e o fazendeiro de Wildon nos recebeu para uma refeição muito necessária.

"Então vocês não entraram?" disse ele.

"Não," respondeu o Sr. Smith, "e acredito que o interior só existe na imaginação do nosso povo."

Às oito e meia nossa carruagem se desenhou diante da casa do prefeito de Pleasant Garden, onde passamos a noite. Enquanto me esforçava em vão para dormir, me perguntava se eu não deveria parar lá na aldeia e organizar uma nova subida. Mas que melhor chance eu teria de sucesso? O curso mais sábio seria, sem dúvida, retornar a Washington e consultar o Sr. Ward.

Então, no dia seguinte, depois de recompensar nossos dois guias, eu me despedi do Sr. Smith em Morganton, e naquela mesma noite parti de trem para Washington.

CAPÍTULO 4. UMA REUNIÃO DO CLUBE DO AUTOMÓVEL

Será que o mistério do Great Eyrie se resolveria algum dia por acaso, além de nossa imaginação? Isso era conhecido apenas para o futuro. E a solução era uma questão de primeira importância? Isso era indubitável, pois a segurança do povo do oeste do estado da Carolina do Norte talvez dependesse disso.

No entanto, uma quinzena após meu retorno a Washington, a atenção pública foi totalmente desviada desse problema por outra natureza muito diferente, mas igualmente espantosa.

Em meados daquele mês de maio, os jornais da Pensilvânia informaram seus leitores sobre algumas ocorrências estranhas em diferentes partes do estado. Nas estradas que irradiavam da Filadélfia, a principal cidade, circulava um veículo extraordinário, do qual ninguém podia descrever a forma, ou a natureza, ou mesmo o tamanho, tão velozmente ele passava. Era um automóvel; todos estavam de acordo sobre isso. Mas quanto ao motor que o impulsionava, só a imaginação poderia dizer; e quando a imaginação popular é despertada, que limite há para as suas hipóteses?

Naquele período os automóveis mais aperfeiçoados, sejam

movidos a vapor, gasolina ou eletricidade, não conseguiam atingir muito mais do que cem quilômetros por hora, velocidade que as ferrovias, com sua expressão mais rápida, escasseiam nas melhores linhas da América e Europa. Agora, este novo automóvel que surpreendia o mundo, viajava a mais do dobro desta velocidade.

É desnecessário acrescentar que tal índice constituiu um perigo extremo nas estradas, tanto para os veículos, quanto para os pedestres. Essa massa apressada, vinda como um trovão, precedida por um formidável estrondo, provocava um turbilhão, que arrancava os galhos das árvores ao longo da estrada, aterrorizava os animais que estavam pastando em campos adjacentes, e dispersava e matava as aves, que não conseguiam resistir à sucção das tremendas correntes de ar geradas pela sua passagem.

E, um detalhe bizarro para o qual os jornais chamaram especial atenção, a superfície das estradas quase nem foi arranhada pelas rodas da aparição, que não deixaram para trás nenhum dos rastros que normalmente são feitos por veículos pesados. No máximo houve um leve toque, uma simples escovadela de poeira. Era apenas a tremenda velocidade que elevava atrás do veículo tais turbilhões de pó.

"É provável," comentou o jornal New York Herald, "que a extrema rapidez do movimento destrua o peso."

Naturalmente, houve protestos de todos os lados. Era impossível permitir a velocidade louca desta aparição que ameaçava derrubar e destruir tudo na sua passagem, equipamentos e pessoas. Mas como poderia ser detida? Ninguém sabia a quem pertencia o veículo, nem de onde ele vinha, nem para onde ia. Foi visto, mas por um instante, quando ousou avançar como uma bala em seu voo tonto. Como se pode agarrar uma bola de canhão no ar, quando ela saltou da boca da arma?

Repito, não havia evidências quanto ao caráter do motor propulsor. Não deixou para trás fumaça, vapor, odor de gasolina ou qualquer outro óleo. Parecia provável, portanto, que o veículo funcionasse com eletricidade e que seus acumuladores fossem de um modelo desconhecido, utilizando algum fluido desconhecido.

O imaginário público, altamente entusiasmado, aceitou prontamente todo tipo de rumor sobre este misterioso automóvel. Dizia-se que era um carro sobrenatural. Era impulsionado por um espectro, por um dos choferes do inferno, um duende de outro mundo, um monstro que escapou de algum mistério mitológico, enfim, o diabo em pessoa, que podia desafiar toda intervenção humana, tendo ao seu comando poderes invisíveis e infinitos satânicos.

Mas mesmo o próprio Satanás não tinha o direito de correr a tal velocidade pelas estradas dos Estados Unidos sem uma licença especial, sem um número em seu carro e sem uma licença regular. E era certo que nenhum município lhe havia dado permissão para ir a duzentos quilômetros por hora. A segurança pública exigiu que alguns meios fossem encontrados para desmascarar o segredo deste terrível motorista.

Além disso, não foi apenas a Pensilvânia que serviu como teatro de suas excentricidades esportivas. A polícia relatou sua aparição em outros estados; no Kentucky perto de Frankfurt; em Ohio perto de Columbus; no Tennessee perto de Nashville; no Missouri perto de Jefferson; e finalmente em Illinois nas vizinhanças de Chicago.

O alarme dado, tornou-se o dever das autoridades tomar medidas contra este perigo público. Prender ou mesmo parar uma aparição a tal velocidade era dificilmente praticável. Uma maneira melhor seria erguer através das estradas portões sólidos com os quais a máquina voadora deveria entrar em contato mais cedo ou mais tarde, e ser esmagada em mil pedaços.

"Bobagem!" declaravam os incrédulos. "Este louco saberia bem como circular em torno de tais obstruções."

"E se necessário," acrescentaram outros, "a máquina saltaria as barreiras."

"E se ele é de fato o diabo, ele preservou, como um antigo anjo, presumivelmente suas asas, e assim ele levantará voo."

Mas esta última foi apenas a sugestão de velhos fofoqueiros tolos que não pararam para estudar o assunto. Pois se o Rei do Submundo possuía um par de asas, por que persistiu obstinadamente em correr sobre a terra com o risco de esmagar seus próprios súditos, quando poderia mais facilmente ter se lançado pelo espaço tão livre como um pássaro?

Tal foi a situação quando, na última semana de maio, ocorreu um novo evento, que parecia mostrar que os Estados Unidos estavam de fato indefesos nas mãos de algum monstro inacessível. E depois do Novo Mundo, não seria o Velho, por sua vez, profanado pela carreira louca deste notável automobilista?

A seguinte ocorrência foi noticiada em todos os jornais americanos, e com que comentários e especulações é fácil de imaginar.

Uma corrida seria realizada pelo clube automobilístico de Wisconsin, sobre as estradas daquele estado do qual Madison é a capital. A rota traçada formava uma excelente trilha, com cerca de trezentos e vinte quilômetros de extensão, partindo de Prairie du Chien na fronteira oeste, passando por Madison e terminando um pouco acima de Milwaukee, nas margens do Lago Michigan. Exceto pela estrada japonesa entre Nikko e Namode, bordejada por ciprestes gigantes, não havia melhor trilha no mundo do que esta do Wisconsin. Ela corre reto e nivelada como uma flecha por vezes por oitenta quilômetros em um trecho. Muitas e notáveis foram as máquinas inscritas para esta grande corrida. Todo tipo de veículo motorizado era permitido para competir, mesmo motocicletas, bem como automóveis. As máquinas eram de todas as marcas e nacionalidades. A soma dos diversos prêmios chegava a cinquenta mil dólares, de modo que a corrida certamente seria desesperadamente disputada. Novos registros deveriam ser feitos.

Calculando a velocidade máxima alcançada até agora, de talvez cento e trinta quilômetros por hora, este concurso internacional, cobrindo trezentos e vinte quilômetros, duraria cerca de três horas. E, para evitar qualquer perigo, as autoridades estaduais de Wisconsin haviam proibido todo o restante do tráfego entre Prairie du Chien e Milwaukee durante três horas na manhã do dia 30 de maio. Assim, se houvesse acidentes, aqueles que os sofreriam seriam os próprios culpados.

Havia uma multidão enorme; e não era composta apenas pelo povo de Wisconsin. Muitos milhares se reuniram dos estados vizinhos de Illinois, Michigan, Iowa, Indiana e até mesmo de Nova York. Entre os esportistas reunidos estavam muitos estrangeiros, ingleses, franceses, alemães e austríacos, cada nacionalidade, naturalmente, apoiando os motoristas de sua terra. Além disso, como este era os Estados Unidos, o país dos maiores apostadores do mundo, foram feitas apostas de todo tipo e de enormes quantias.

A partida deveria ser feita às oito horas da manhã; e para evitar a aglomeração e os acidentes que dela deveriam resultar, os automóveis deveriam seguir uns aos outros em intervalos de dois minutos, ao longo das estradas cujas bordas eram negras com os espectadores.

Os primeiros dez corredores, numerados por lote, foram despachados entre as oito horas e vinte minutos depois. A menos que houvesse algum acidente desastroso, algumas dessas máquinas certamente alcançariam a linha de chegada às onze horas. Os outros seguiram em ordem.

Uma hora e meia tinha passado. Só restava um único concorrente no Prairie du Chien. A ordem dos corredores era enviada por telefone, a cada cinco minutos. No meio do caminho entre Madison e Milwaukee, a liderança ficou com uma máquina dos irmãos Renault, de quatro cilindros, de vinte cavalos de potência, e com pneus Michelin. Foi seguida de perto por um carro Harvard-Watson e por um Dion-Bouton. Alguns acidentes já haviam ocorrido, outras máquinas ficaram desesperadamente para trás. Não mais do que uma dúzia contestaria o final. Vários motoristas haviam sido feridos, mas não gravemente. E mesmo que tivessem sido mortos, a morte dos homens é apenas um detalhe, não considerado de grande importância naquele espantoso país da América.

Naturalmente a excitação se tornou mais intensa à medida que nos aproximávamos da linha de chegada perto de Milwaukee. Ali estavam reunidos os mais curiosos, os mais interessados; e ali as paixões do momento eram desatadas. Às dez horas, ficou evidente que o primeiro prêmio, de vinte mil dólares, estava entre cinco máquinas, duas americanas, duas francesas e uma inglesa. Imagine, portanto, a fúria com que as apostas estavam sendo feitas sob a influência do orgulho nacional. Os livreiros normais dificilmente poderiam atender às exigências daqueles que desejavam apostar. Ofertas e quantidades foram lançadas de lábio em lábio com rapidez febril. "Um a três no Harvard-Watson!"

"Um a dois no Dion-Bouton!"

"Qualquer quantia no Renault!"

Estes gritos tocavam ao longo da linha dos espectadores a cada novo anúncio dos telefones.

De repente, às nove e meia pelo relógio de Prairie du Chien, três quilômetros além daquela cidade, ouviu-se um tremendo barulho e estrondo que vinha do meio de uma nuvem voadora de poeira acompanhada de gritos como os de uma sirene naval.

Raramente as multidões tiveram tempo para se afastar, para escapar de uma destruição que teria incluído centenas de vítimas. A nuvem varreu como um furacão. Ninguém conseguiu distinguir o que passava com tanta velocidade. Não houve exagero em dizer que sua velocidade era de pelo menos duzentos e quarenta quilômetros por hora.

A aparição passou e desapareceu em um instante, deixando para trás um longo trem de pó branco, como uma locomotiva expressa deixa para trás um rastro de fumaça. Evidentemente, era um automóvel com um motor extraordinário. Se mantivesse esta velocidade em forma de flecha, chegaria aos concorrentes que lideravam a prova; passaria com esta velocidade por todos eles; chegaria primeiro à meta.

E então de todas as partes surgiu um alvoroço, assim que os espectadores não tinham mais nada a temer.

"É aquela máquina infernal."

"Sim; aquela que a polícia não pode parar."

"Mas não se ouve falar disso há uma quinzena de dias."

"Deveria ser destruído - desaparecido para sempre."

"É um carro do diabo, guiado pelo fogo do inferno, e com Satanás a conduzir!"

Na verdade, se ele não fosse o diabo, quem poderia ser esse misterioso motorista, dirigindo com essa velocidade inacreditável, sua não menos misteriosa máquina? Pelo menos era indubitável que esta era a mesma máquina que já havia atraído tanta atenção. Se os policiais acreditavam que eles a tinham assustado, que nunca mais se ouviria falar dela, bem, a polícia estava enganada - o que acontece nos Estados Unidos como em outros lugares.

Passado o primeiro momento de surpresa, muitas pessoas correram para os telefones para avisar aqueles que estavam mais longe no caminho do perigo que ameaçava, não só as pessoas, mas também os automóveis espalhados ao longo da estrada.

Quando este terrível louco chegasse como uma avalanche, eles seriam esmagados em pedaços, moídos em pó, aniquilados!

E da colisão não poderia o próprio destruidor emergir são e salvo? Ele deveria ser tão hábil, esse motorista do inferno, deveria manusear sua máquina com tanta perfeição de olhos e mãos, que saberia, sem dúvida, como fugir de qualquer situação. Felizmente, as autoridades de Wisconsin tomaram tais precauções que a estrada ficaria livre, exceto para os automóveis da competição. Mas que direito tinha esta máquina entre eles?

E o que disseram os próprios corredores, que, avisados por telefone, tiveram que se afastar da estrada em sua luta pelo grande prêmio? Pela estimativa deles, este incrível veículo ia a pelo menos duzentos e dez quilômetros por hora. Rápida como era sua velocidade, ela foi disparada por eles a tal velocidade que dificilmente conseguiam perceber até mesmo a forma da máquina, uma espécie de fuso alongado, provavelmente não mais de nove metros de comprimento. Suas rodas giravam com tal velocidade que podiam ser vistas com pouca frequência. Quanto ao resto, a máquina não deixava para trás nem fumaça nem cheiro.

Quanto ao motorista, escondido no interior de sua máquina, ele havia ficado bastante invisível. Ele permaneceu tão desconhecido quanto quando apareceu pela primeira vez nas diversas estradas do país.

Milwaukee foi prontamente avisado da vinda deste invasor. Vejam a agitação que a notícia causou! O objetivo imediato acordado foi deter este projétil, erguer através do seu percurso um obstáculo contra o qual ele se esmagaria em mil pedaços. Mas havia tempo? Será que a máquina não apareceria a qualquer momento? E que necessidade havia, já que a pista terminava na beira do Lago Michigan, e assim o veículo seria obrigado a parar ali de qualquer forma, a menos que seu motorista sobrenatural pudesse andar tanto na água quanto na terra.

Aqui também, como em todo o percurso, foram oferecidas as sugestões mais extravagantes. Mesmo aqueles que não admitiam que o misterioso motorista poderia ser Satanás em pessoa, permitiram que ele pudesse ser algum monstro que escapou das fantásticas visões do Apocalipse.

E agora não havia mais minutos para esperar. Qualquer segundo poderia trazer a aparição esperada.

Ainda não eram onze horas quando se ouviu um estrondo no fundo da pista, e a poeira subiu em violentos redemoinhos. Apitos duros gritavam pelo ar, todos alertando para dar passagem ao monstro.

Mas ele não diminuiu a velocidade no final. O Lago Michigan não ficava a oitocentos metros de distância, e a máquina certamente deveria ser atirada à água! Será que o mecânico não era mais mestre do seu mecanismo?

Pode haver pouca dúvida sobre isso. Como uma estrela cadente, o veículo passou por Milwaukee. Quando tivesse passado pela cidade, será que ele mergulharia para a destruição nas águas do Lago Michigan?

De qualquer forma, quando desapareceu em uma leve curva na estrada, não se encontrou nenhum vestígio de sua passagem.

CAPÍTULO 5. AO LONGO DAS COSTAS DA NOVA INGLATERRA

Na época em que os jornais estavam cheios dessas reportagens, eu estava novamente em Washington. No meu retorno eu tinha me apresentado no escritório do meu chefe, mas não consegui vê-lo. Assuntos familiares o haviam chamado de repente, para estar ausente algumas semanas. O Sr. Ward, no entanto, sem dúvida sabia do fracasso da minha missão. Os jornais, especialmente os da Carolina do Norte, deram todos os detalhes da nossa escalada no Great Eyrie.

Naturalmente, fiquei muito aborrecido com este atraso, o que me deixou ainda mais inquieto. Eu não poderia me voltar para outros planos para o futuro. Poderia eu desistir da esperança de aprender o segredo do Great Eyrie? Não! Eu voltaria ao ataque uma dúzia de vezes, se necessário, e apesar de cada falha.

Certamente, a conquista do acesso dentro daquelas paredes não seria uma tarefa além do poder humano. Um andaime poderia ser elevado até o topo do penhasco; ou um túnel poderia ser perfurado através da sua profundidade. Nossos engenheiros encontrariam problemas mais difíceis a cada dia. Mas neste caso seria necessário considerar a despesa, que poderia facilmente crescer fora da proporção das vantagens a serem obtidas. Um túnel custaria muitos milhares de dólares, e de que adiantaria além de satisfazer a curiosidade do público e a minha própria?

Meus recursos pessoais seriam totalmente insuficientes para a realização. O Sr. Ward, que tinha os fundos do governo, estava fora. Eu até pensei em tentar interessar um milionário. Oh, se eu pudesse ter prometido a um deles algumas minas de ouro ou prata dentro da montanha! Mas tal hipótese não era admissível. A cadeia dos Apalaches não está situada em uma região que leva ouro como a das montanhas do Pacífico, do Transvaal, ou da Austrália.

Foi somente no dia 15 de junho que o Sr. Ward retornou ao serviço. Apesar da minha falta de sucesso, ele me recebeu calorosamente. "Aqui está o nosso pobre Strock!" gritou ele, na minha entrada. "Nosso pobre Strock, que falhou!"

"Não mais, Sr. Ward, do que se o senhor tivesse me encarregado de investigar a superfície da lua," respondi. "Nós nos encontramos face a face com obstáculos puramente naturais intransponíveis com as forças então ao nosso comando."

"Não duvido disso, Strock, não duvido disso no mínimo. No entanto, o fato é que você não descobriu nada do que está acontecendo dentro do Great Eyrie."

"Nada, Sr. Ward."

"Você não viu nenhum sinal de fogo?"

"Nenhum."

"E você não ouviu nenhum barulho suspeito?"

"Nenhum."

"Então ainda é incerto se realmente há um vulcão lá?"

"Ainda incerto, Sr. Ward. Mas se ele está lá, temos boas razões para acreditar que ele afundou em um sono profundo."

"Ainda," retornou o Sr. Ward, "não há nada para mostrar que não acordará novamente algum dia, Strock. Não basta que um vulcão durma, ele deve ser absolutamente extinto, a menos que todos esses rumores ameaçadores tenham nascido apenas no imaginário dos moradores."

"Isso não é possível, senhor," eu disse. "Tanto o Sr. Smith, prefeito de Morganton, quanto seu amigo prefeito de Pleasant Garden, são homens confiáveis. E eles falam a partir de seu próprio conhecimento neste assunto. As chamas certamente se elevaram acima do Great Eyrie. Ruídos estranhos têm sido emitidos a partir dele. Não pode haver dúvida alguma sobre a realidade desses fenômenos."

"Concedido," declarou o Sr. Ward. "Admito que as provas são inatacáveis. Então a dedução a ser feita é que o Great Eyrie ainda não desistiu do seu segredo."

"Se estamos determinados a conhecê-lo, Sr. Ward, a solução é apenas uma questão de despesa. Picareta e dinamite logo conquistariam essas paredes."

"Sem dúvida," respondeu o chefe, "mas tal empreendimento dificilmente parece justificado, já que a montanha agora está tranquila. Vamos esperar um pouco e talvez a própria natureza revele seu mistério."

"Sr. Ward, acredite que lamento profundamente não ter sido

capaz de resolver o problema que me confiou," disse eu.

"Bobagem! Não se aborreça, Strock. Pegue a sua derrota filosoficamente. Nem sempre podemos ser bem sucedidos, mesmo na polícia. Quantos criminosos nos escapam! Acredito que nunca deveríamos capturar um deles, se fossem um pouco mais inteligentes e menos imprudentes, e se não se comprometessem tão estupidamente. Nada, me parece, seria mais fácil do que planejar um crime, um roubo ou um assassinato, e executá-lo sem levantar suspeitas, ou deixar qualquer vestígio a ser seguido. Você entende, Strock, eu não quero dar lições aos nossos criminosos; eu prefiro muito que eles permaneçam como estão. No entanto, há muitos que a polícia nunca será capaz de localizar."

Sobre este assunto, compartilhei absolutamente a opinião do meu chefe. É entre os malandros que se encontram os mais tolos. Por esta mesma razão eu tinha ficado muito surpreso que nenhuma das autoridades tivesse sido capaz de lançar qualquer luz sobre as recentes performances do "automóvel demoníaco". E quando o Sr. Ward levantou este assunto, eu não escondi dele o meu espanto.

Ele ressaltou que o veículo era praticamente imprevisível; que em suas aparições anteriores, ele aparentemente havia desaparecido de todas as estradas, mesmo antes que uma mensagem telefônica pudesse ser enviada adiante. Agentes policiais ativos e numerosos haviam sido espalhados pelo país, mas nenhum deles havia encontrado o delinquente. Ele não se movia continuamente de lugar em lugar, mesmo em sua incrível velocidade, mas parecia aparecer apenas por um momento e depois desaparecer no ar. É verdade, ele tinha permanecido visível durante todo o percurso de Prairie du Chien até Milwaukee, e tinha percorrido em menos de uma hora e meia esta trilha de centenas de quilômetros.

Mas desde então, não havia novidades sobre a máquina, que chegou ao final do percurso impulsionada por seu próprio impulso, incapaz de parar. Será que havia mesmo sido engolida pelas águas do Lago Michigan? Deveríamos concluir que a máquina e seu motorista tinham perecido, que não havia mais perigo a ser temido por nenhum dos dois? A grande maioria do público se recusou a aceitar esta conclusão. Eles esperavam que a máquina reaparecesse.

O Sr. Ward admitiu francamente que todo o assunto lhe parecia mais extraordinário; e eu compartilhei sua opinião. Certamente, se esse motorista infernal não voltasse, sua aparição teria de ser colocada entre aqueles mistérios sobre-humanos que não é dado ao homem para entender.

Tínhamos discutido completamente este caso, o chefe e eu; e pensei que nossa entrevista estava no fim, quando, depois de andar um pouco na sala, ele disse abruptamente: "Sim, o que aconteceu lá em Milwaukee foi muito estranho. Mas aqui está algo não menos importante!"

Com isso ele me entregou uma reportagem que havia recebido de Boston, sobre um assunto do qual os jornais noturnos acabavam de começar a informar seus leitores. Enquanto eu lia, o Sr. Ward foi chamado em outra sala. Sentei-me junto à janela e estudei com extrema atenção a matéria do relatório.

Durante alguns dias as águas ao longo da costa do Maine, Connecticut e Massachusetts foram o cenário de uma aparência que ninguém poderia descrever exatamente. Um corpo em movimento apareceu no meio das águas, a uns dois ou três quilômetros da costa, e passou por rápidas evoluções. Ele piscou por um tempo para frente e para trás entre as ondas e depois se afastou de vista.

O corpo se movia com tal velocidade da luz que os melhores telescópios dificilmente poderiam acompanhá-lo. O seu comprimento não parecia ultrapassar dez metros. Sua forma de charuto e cor esverdeada, dificultou a distinção em relação ao fundo do oceano. Tinha sido mais frequentemente observado ao longo da costa entre Cape Cod e Nova Escócia. De Providence, de Boston, de Portsmouth e de Portland, barcos a motor e lanchas a vapor tentaram repetidamente se aproximar deste corpo em movimento e até mesmo dar-lhe perseguição. Eles não conseguiram chegar perto dele. A perseguição parecia inútil. Ele ousou como uma flecha além do alcance da visão.

Naturalmente, foram mantidas opiniões muito divergentes quanto à natureza deste objeto. Mas nenhuma hipótese descansava sobre qualquer base segura. Os marinheiros estavam tão perdidos quanto os outros. No início os marinheiros pensavam que devia ser um grande peixe, como uma baleia. Mas é sabido que todos estes animais vêm à superfície com uma certa regularidade para respirar, e jorram colunas de ar e água misturados. Ora, este estranho animal - se fosse um animal - nunca tinha "soprado", como dizem os baleeiros; nem fez qualquer barulho de respiração. Mas se não fosse um desses enormes mamíferos marinhos, como esse monstro desconhecido poderia ser classificado? Será que pertencia entre os lendários habitantes das profundezas, os polvos, os leviatãs, as famosas serpentes do mar?

De qualquer forma, desde que este monstro, seja ele qual for, apareceu ao longo das costas da Nova Inglaterra, os pequenos barcos de pesca e lazer não ousaram aventurar-se. Onde quer que parecesse, os barcos fugiam para o porto mais próximo, como era prudente. Se o animal era de caráter feroz, nenhum se importava em aguardar seu ataque.

Quanto aos grandes navios e vaporizadores costeiros, eles não tinham nada a temer de nenhum monstro ou baleia. Vários deles tinham visto essa criatura a uma distância de alguns quilômetros. Mas quando eles tentaram se aproximar, ele fugiu rapidamente. Um dia, até mesmo, um rápido barco de canhões dos Estados Unidos saiu de Boston, se não para perseguir o monstro, pelo menos para mandar uns poucos tiros de canhão atrás dele. Quase instantaneamente o animal desapareceu, e a tentativa foi vã. Até então, porém, o monstro não havia mostrado nenhuma intenção de atacar nem barcos nem pessoas.

Neste momento o Sr. Ward voltou e eu interrompi minha leitura para dizer: "Ainda não parece haver motivo para reclamar desta serpente marinha. Ela foge da presença dos grandes navios. Não persegue os pequenos. Sentimento e inteligência não são muito fortes nos peixes."

"Mas as suas emoções existem, Strock, e se fortemente despertadas..."

"Mas, Sr. Ward, a besta não parece nada perigosa. Uma entre duas coisas vai acontecer. Ou ele vai abandonar estas costas, ou finalmente será capturado e poderemos estudá-lo a nosso bel-prazer aqui no museu de Washington."

"E se não for um animal marinho?" perguntou o Sr. Ward.

"O que mais pode ser?" eu protestei de surpresa.

"Termine a sua leitura," disse o Sr. Ward.

Eu o fiz; e descobri que na segunda parte do relatório, meu chefe tinha sublinhado algumas passagens em tinta vermelha.

Há algum tempo ninguém duvidava que este era um animal; e que, se fosse vigorosamente perseguido, finalmente seria expulso de nossas costas. Mas uma mudança de opinião havia acontecido. As pessoas começaram a perguntar se, ao invés de um peixe, este não era um tipo de barco novo e notável.

Certamente nesse caso, seu motor deveria ser de uma potência incrível. Talvez o inventor, antes de vender o segredo de sua invenção, tenha procurado atrair a atenção do público e surpreender o mundo marítimo. Tanta certeza nos movimentos de seu barco, tanta graça em sua evolução, tanta facilidade em desafiar a perseguição por sua velocidade de flecha, certamente, estas seriam suficientes para despertar a curiosidade mundial!

Naquela época, grandes progressos haviam sido feitos na fabricação de motores marítimos. Enormes vaporizadores transatlânticos completavam a passagem oceânica em cinco dias. E os engenheiros ainda não haviam falado sua última palavra. Tampouco as marinhas do mundo ficaram para trás. Os navios de cruzeiro e os barcos torpedeiros poderiam se igualar aos mais rápidos vaporizadores do Atlântico e do Pacífico, ou aos do comércio indiano.

Se, no entanto, este fosse um barco de algum novo design, ainda não se tinha tido oportunidade de observar a sua forma. Quanto aos motores que o impulsionavam, eles deveriam ter uma potência muito além da mais rápida conhecida. Pela força com que trabalhavam, era igualmente um problema. Como o barco não tinha velas, não era movido pelo vento; e como não tinha chaminé de fumaça, não era movido pelo vapor.

Neste ponto do relatório, fiz novamente uma pausa na minha leitura e considerei o comentário que desejava fazer.

"O que você está pensando, Strock?" exigiu meu chefe.

"É isto, Sr. Ward; a força motriz deste chamado barco deve ser tão tremenda e tão desconhecida quanto a do notável automóvel que tanto nos surpreendeu a todos."

"Então essa é a sua ideia, não é, Strock?"

"Sim, Sr. Ward."

Havia apenas uma conclusão a ser tirada. Se o misterioso motorista tivesse desaparecido, se ele tivesse perecido com sua máquina no Lago Michigan, era igualmente importante agora ganhar o segredo deste não menos misterioso navegador. E deveria ser ganho antes que ele, por sua vez, mergulhasse no abismo do oceano. Não era do interesse do inventor divulgar sua invenção? Será que o governo americano ou qualquer outro não lhe pagaria o preço que ele quisesse pedir?

Infelizmente, porém, como o inventor da aparição terrestre persistiu em preservar seu incógnito, não seria de temer que o inventor da aparição marinha preservasse igualmente o seu? Mesmo que a primeira máquina ainda existisse, não mais se ouvia falar dela; e a segunda, da mesma forma, não desapareceria, depois de ter revelado seus poderes, por sua vez, sem um único traço?

O que deu peso a esta probabilidade foi que, desde a chegada deste relatório a Washington vinte e quatro horas antes, a presença do extraordinário barco não tinha sido anunciada de nenhum lugar ao longo da costa. Tampouco tinha sido visto em qualquer outra costa. Embora, é claro, a afirmação de que não reapareceria de forma alguma teria sido, no mínimo, perigosa.

Notei outro ponto interessante e possivelmente importante. Foi uma singular coincidência que o Sr. Ward me sugeriu, no mesmo momento em que eu estava pensando nisso. Isto foi que só depois do desaparecimento do maravilhoso automóvel é que o não menos maravilhoso barco apareceu. Além disso, ambos os seus motores possuíam um poder de locomoção muito perigoso. Se ambos fossem correndo ao mesmo tempo sobre a face do mundo, o mesmo perigo ameaçaria a humanidade em todos os lugares, em barcos, em veículos e a pé. Portanto, era absolutamente necessário que a polícia interferisse de alguma forma para proteger os meios de transporte públicos.

Foi isso que o Sr. Ward me apontou; e nosso dever era óbvio. Mas como poderíamos realizar essa tarefa? Discutimos o assunto por algum tempo; e eu estava para sair quando o Sr. Ward fez uma última sugestão:

"Você não observou, Strock," disse ele, "que existe uma espécie de semelhança fantástica entre a aparência geral deste barco e este automóvel?"

"Há algo do gênero, Sr. Ward."

"Bem, não é possível que os dois sejam um?"

CAPÍTULO 6. A PRIMEIRA CARTA

Depois de deixar o Sr. Ward, voltei para minha casa na Long Street. Lá eu tive muito tempo para considerar este estranho caso ininterruptamente, seja pela esposa ou pelos filhos dos quais eu não provia. Minha casa consistia apenas em uma antiga empregada, que antes estava a serviço de minha mãe, e que agora continuava há quinze anos na minha.

Dois meses antes eu tinha obtido uma licença de ausência. Tinha ainda duas semanas para correr, a menos que alguma circunstância imprevista a interrompesse, alguma missão que não poderia ser adiada. Esta licença, como tenho demonstrado, já havia sido interrompida por quatro dias pela minha exploração do Great Eyrie.

E agora não era meu dever abandonar minhas férias, e me esforçar para lançar luz sobre os eventos notáveis dos quais a estrada para Milwaukee e a costa da Nova Inglaterra tinham estado em curva? Eu teria dado muito para resolver o duplo mistério, mas como seria possível seguir a pista deste automóvel ou deste barco?

Sentado na minha cadeira confortável após o café da manhã, com o meu cachimbo aceso, abri o meu jornal. A que eu deveria recorrer? A política me interessava pouco, com sua eterna disputa entre republicanos e democratas. Não me importava nem com as notícias da sociedade, nem com a página esportiva. Você não vai se surpreender, então, que minha primeira ideia foi ver se havia alguma notícia da Carolina do Norte sobre o Great Eyrie. No entanto, havia pouca esperança de que isso acontecesse, pois o Sr. Smith havia prometido me telegrafar imediatamente se algo acontecesse. Eu tinha certeza de que o prefeito de Morganton estava tão ansioso por informações e tão atento quanto eu mesmo poderia ter estado. O jornal não me disse nada de novo. Ele caiu ociosamente da minha mão; e eu permaneci no fundo do pensamento.

O que mais me chamou a atenção foi a sugestão do Sr. Ward de que talvez o automóvel e o barco que atraíram nossa atenção fossem na realidade o mesmo. Muito provavelmente, pelo menos, as duas máquinas tinham sido construídas pela mesma mão. E, sem dúvida, foram motores semelhantes, que geraram essa notável velocidade, mais do que duplicando os recordes anteriores de terra e mar.

"O mesmo inventor!" repeti eu.

Evidentemente, esta hipótese tinha fortes fundamentos. O fato de as duas máquinas ainda não terem aparecido ao mesmo tempo acrescentou peso à ideia. Murmurei para mim mesmo: "Depois do mistério do Great Eyrie, vem o de Milwaukee e Boston. Será este novo problema tão difícil de resolver como o outro?"

Notei ociosamente que este novo caso tinha uma semelhança geral com o anterior, já que ambos ameaçavam a segurança do público em geral. Com certeza, apenas os habitantes da região de Blue Ridge estavam em perigo de uma erupção ou possível terremoto no Great Eyrie. Enquanto agora, em todas as estradas dos Estados Unidos, ou ao longo de cada liga de suas costas e portos, cada habitante estava em perigo a partir deste veículo ou deste barco, com seu aparecimento repentino e velocidade insana.

Descobri que, como era de se esperar, os jornais não só sugeriram, mas ampliaram os perigos do caso. Pessoas tímidas em todos os lugares ficaram muito alarmadas. Minha antiga criada, naturalmente crédula e supersticiosa, ficou particularmente chateada. No mesmo dia depois do almoço, quando ela estava limpando as coisas, ela parou diante de mim, uma garrafa de água em uma mão, o guardanapo na outra, e perguntou ansiosamente: "Não há novidades, senhor?"

"Nenhuma," respondi, sabendo bem ao que ela se referia.

"O automóvel não voltou?"

"Não."

"Nem o barco?"

"Nem o barco. Não há notícias mesmo nos jornais mais bem informados."

"Mas... a sua informação policial secreta?"

"Não somos mais sábios."

"Então, senhor, se me permitir perguntar, para que serve a polícia?"

É uma questão que já me fez pensar mais de uma vez.

"Agora você vê o que vai acontecer," continuou a velha

governanta, reclamando, "alguma bela manhã, ele virá sem avisar, este terrível motorista, e correrá pela nossa rua aqui, e nos matará a todos!"

"Ótimo! Quando isso acontecer, haverá alguma chance de pegá-lo."

"Ele nunca será preso, senhor."

"Por que não?"

"Porque ele é o próprio diabo, e você não pode prender o diabo!"

Decididamente, pensei eu, o diabo tem muitos usos; e se ele não existisse teríamos que inventá-lo, para dar às pessoas alguma forma de explicar o inexplicável. Foi ele quem acendeu as chamas do Great Eyrie. Foi ele quem bateu o recorde na corrida de Wisconsin. É ele quem está correndo ao longo das costas de Connecticut e Massachusetts. Mas pondo de lado esse espírito maligno que é tão necessário, para a conveniência dos ignorantes, não havia dúvida de que estávamos diante de um problema muito desconcertante. Será que essas duas máquinas desapareceram para sempre? Elas tinham passado como um meteoro, como uma estrela disparando pelo espaço; e em cem anos a aventura se tornaria uma lenda, muito ao gosto dos boatos do século seguinte.

Durante vários dias os jornais da América e mesmo os da Europa continuaram a discutir esses eventos. Editoriais lotados sobre editoriais. Rumores foram adicionados aos rumores. Contadores de histórias de todo tipo ganharam espaço. O público dos dois continentes estava interessado. Em algumas partes da Europa houve até ciúmes de que a América deveria ter sido escolhida como o campo de tal experiência. Se esses maravilhosos inventores fossem americanos, então seu país, seu exército e sua marinha, teriam uma grande vantagem sobre os outros. Os Estados Unidos podem adquirir uma superioridade incontestável.

Na data do dia 10 de junho, um jornal de Nova York publicou um artigo cuidadosamente estudado sobre essa fase do assunto. Comparando a velocidade das embarcações mais rápidas conhecidas com a menor velocidade mínima que poderia ser atribuída à nova embarcação, o artigo demonstrou que se os Estados Unidos assegurassem esse segredo, a Europa ficaria a apenas três dias dela, enquanto ela ainda estaria a cinco dias da Europa.

Se a nossa própria polícia tinha procurado diligentemente para descobrir o mistério do Great Eyrie, o serviço secreto de todos os países do mundo estava agora interessado nestes novos problemas.

O Sr. Ward referiu-se ao assunto cada vez que o vi. Nossa conversa começava com ele me falando sobre meu insucesso na Carolina, e eu respondia lembrando-lhe que o sucesso era apenas uma questão de despesa.

"Não importa, meu bom Strock," disse ele, "virá uma chance para o nosso inspetor inteligente recuperar seus louvores. Pegue agora este caso do automóvel e do barco. Se você pudesse esclarecer isso com antecedência a todos os detetives do mundo, que honra seria para o nosso departamento! Que glória para você!"

"Certamente que sim, Sr. Ward. E se você colocar o assunto no meu comando..."

"Quem sabe, Strock? Vamos esperar um pouco! Vamos esperar!"

As coisas ficaram assim quando, na manhã do dia 15 de junho, minha criada me trouxe uma carta - uma carta registrada para a qual eu tinha que assinar. Eu olhei para o endereço. Eu não conhecia a caligrafia. O carimbo do correio, datado de dois dias antes, foi carimbado nos correios de Morganton.

Morganton! Aqui, finalmente, eram, sem dúvida, notícias do Sr. Elias Smith.

"Sim!" exclamei, falando para a minha antiga criada, por falta de outra pessoa. "Deve ser finalmente do Sr. Smith. Eu não conheço mais ninguém em Morganton. E se ele escreve, tem novidades!"

"Morganton?" disse a velha. "Não é esse o lugar onde os demônios atearam fogo à sua montanha?"

"Exatamente."

"Oh, senhor! Espero que você não queira voltar para lá! Porque você vai acabar sendo queimado naquela fornalha do Great Eyrie. E eu não gostaria que você fosse enterrado dessa maneira."

"Anime-se, e vamos ver se não é uma melhor notícia do que isso."

O envelope foi selado com lacre vermelho, e estampado com uma espécie de brasão de armas, superado com três estrelas. O papel era grosso e muito forte. Eu quebrei o envelope e retirei a carta. Era uma única folha, dobrada em quatro, e escrita em um só lado. Meu primeiro olhar foi para a assinatura.

Não havia assinatura! Nada além de três iniciais no final da última linha!

"A carta não é do prefeito de Morganton," disse eu.

"Então de quem?" perguntou a velha serva, duplamente curiosa em sua qualidade de mulher e de velha fofoqueira.

Olhando novamente para as três iniciais da assinatura, eu disse: "Não conheço ninguém para quem estas letras serviriam; nem em Morganton nem em outro lugar."

A caligrafia era ousada. Tanto os traços para cima como para baixo eram muito acentuados, cerca de vinte linhas no total. Aqui está a carta, da qual eu, com razão, retive uma cópia exata. Foi datado, para minha estupefação extrema, daquele misterioso Great Eyrie:

"Great Eyrie, Montanha Blue Ridge,
Ao Sr. Strock: Carolina do Norte, 13 de junho.
Inspetor-Chefe de Polícia,
34 Long St., Washington, D. C.

Senhor,

Você foi encarregado da missão de penetrar em Great Eyrie.

Você veio no dia 28 de abril, acompanhado pelo prefeito de Morganton e dois guias.
Você montou ao pé da montanha e a circundou, achando-a muito alta e íngreme para escalar.

Você procurou uma entrada e não encontrou nenhuma. Saiba disso:

Ninguém entra no Great Eyrie; ou se alguém entra, ele nunca mais volta.

Não tente novamente, pois a segunda tentativa não vai resultar como a primeira, mas terá graves consequências para você.

Atende a esta advertência, ou a má fortuna virá até você.

M. d. M."

CAPÍTULO 7. UMA TERCEIRA MÁQUINA

Confesso que a princípio esta carta me deu um tom de dúvida. "Ohs!" e "Ahs!" escorregaram da minha boca aberta. A velha criada me olhou fixamente, sem saber o que pensar.

"Oh, senhor! É uma má notícia?"

Eu respondi, pois guardo poucos segredos dessa alma fiel, lendo-lhe a carta de ponta a ponta. Ela escutou com muita ansiedade.

"Uma piada, sem dúvida," disse eu, encolhendo os ombros.

"Bem," devolveu minha serva supersticiosa, "se não é do diabo, é do país do diabo, de qualquer forma."

Deixado em paz, voltei a rever esta carta inesperada. A reflexão me levou ainda mais a acreditar que foi obra de um brincalhão prático. Minha aventura era bem conhecida. Os jornais haviam relatado isso em todos os detalhes. Alguns satiristas, como os que existem até na América, devem ter escrito esta carta ameaçadora para zombar de mim.

Assumir, por outro lado, que Great Eyrie realmente servia como refúgio de um bando de criminosos, parecia um absurdo. Se temessem que a polícia descobrisse sua retirada, certamente não teriam sido tão insensatos a ponto de forçar a atenção para si mesmos. A principal segurança deles estaria em manter sua presença lá desconhecida. Eles devem ter percebido que tal desafio só iria despertar a polícia para uma atividade renovada. Dinamite logo abriria uma entrada para sua fortaleza. Além disso, como esses homens poderiam ter entrado no Great Eyrie se não existisse uma passagem que nós não tínhamos descoberto? Com certeza a carta havia sido enviada por um bobo ou um louco; e eu não precisava me preocupar com ela, nem mesmo considerá-la.

Assim, embora por um instante eu tivesse pensado em mostrar esta carta ao Sr. Ward, decidi não o fazer. Certamente ele não daria importância a isso. Entretanto, eu não a destruí, mas a tranquei na minha mesa para mantê-la segura. Se mais cartas viessem do mesmo tipo, e com as mesmas iniciais, eu lhes daria tão pouco peso quanto a isto.

Vários dias passaram tranquilamente. Não havia nada que me levasse a esperar que logo eu deixasse Washington; embora em meu dever nunca se esteja certo do dia seguinte. A qualquer momento eu poderia ser enviado em excesso de velocidade de Oregon para a Flórida, de Maine para o Texas. E esse pensamento desagradável me assombrava com frequência se minha próxima missão não fosse mais bem sucedida do que aquela no Great Eyrie, eu poderia muito bem desistir e entregar a minha demissão por força. Do misterioso motorista ou chofer do demônio, nada mais foi ouvido. Eu sabia que nossos próprios agentes governamentais, assim como os estrangeiros, estavam vigiando atentamente todas as estradas e rios, todos os lagos e as costas da América. É claro que o tamanho do país impossibilitava qualquer supervisão próxima; mas estes duplos inventores não tinham antes escolhido locais isolados e pouco frequentes para aparecer. A rodovia principal de Wisconsin em um grande dia de regata, o porto de Boston, atravessado incessantemente por milhares de barcos, estes dificilmente seriam o que se chamaria de esconderijos! Se o ousado motorista não tivesse perecido, do qual sempre houve forte probabilidade; então ele deve ter deixado a América. Talvez ele estivesse nas águas do Velho Mundo, ou então descansando em algum retiro conhecido apenas por ele mesmo, e nesse caso...

"Ah!" repeti para mim mesmo, muitas vezes. "Para tal retiro, tão secreto quanto inacessível, este fantástico personagem não poderia encontrar um melhor que o Great Eyrie! Mas, é claro, um barco não poderia chegar lá, assim como um automóvel. Somente aves de rapina, águias ou condores, que voam alto, poderiam encontrar ali refúgio."

No dia 19 de junho eu estava indo para o departamento de polícia, quando, ao sair de casa, notei dois homens que me olhavam com uma certa avidez. Sem reconhecê-los, não me dei conta; e se me chamaram a atenção, foi porque minha serva falou disso quando eu voltei.

Por alguns dias, disse ela, ela havia notado que dois homens pareciam estar me espionando na rua. Eles ficavam constantemente, talvez a cem passos da minha casa; e ela suspeitava que eles me seguiam cada vez que eu subia a rua.

"Você tem certeza?" eu perguntei.

"Sim, senhor e não há mais tempo que ontem, quando você entrou na casa, esses homens vieram escorregando em seus passos, e depois foram embora assim que a porta foi fechada atrás de você."

"Você deve estar enganada!"

"Eu não estou, senhor."

"E se você encontrar esses dois homens, você os reconheceria?"

"Certamente!"

"Bem," eu disse, "vejo que você tem o próprio espírito de um detetive. Eu devo engajá-la como membro da nossa força."

"Brinque se quiser, senhor. Mas ainda tenho dois olhos bons e não preciso de óculos para reconhecer as pessoas. Alguém está espionando você, isso é certo; e você deve colocar alguns de seus homens para rastreá-los por sua vez."

"Tudo bem; prometo fazer isso," disse eu, para satisfazê-la. "E quando meus homens forem atrás deles, logo saberemos o que esses misteriosos companheiros querem de mim."

Na verdade, eu não levei muito a sério o anúncio animado da alma boa. Eu acrescentei, no entanto: "Quando eu sair, eu vou observar as pessoas ao meu redor com muito cuidado."

"Isso será o melhor, senhor."

Minha pobre governanta estava sempre se assustando com nada. "Se eu os vir novamente," acrescentou ela, "eu avisarei antes de você sair de casa."

"De acordo!" e eu interrompi a conversa, sabendo bem que se eu permitisse que ela continuasse, ela terminaria por ter certeza de que o próprio Belzebu e um de seus principais atendentes estavam nos meus calcanhares.

Nos dois dias seguintes, certamente não havia ninguém me espionando, nem nas minhas saídas nem nas entradas. Então concluí que minha antiga criada não tinha feito muito de nada, como sempre. Mas na manhã do dia 22 de junho, depois de subir as escadas tão rápido quanto sua idade permitia, a devota alma velha irrompeu pelo meu quarto e em meio sussurrou:

"Senhor! Senhor!"

"O que é isso?"

"Eles estão lá!"

"Quem?" eu perguntei, minha mente em qualquer coisa, menos na teia que ela estava girando sobre mim.

"Os dois espiões!"

"Ah, esses espiões maravilhosos!"

"Eles mesmos! Na rua! Bem na frente de nossas janelas! Vigiando a casa, esperando você sair."

Fui até a janela e levantei apenas uma borda da sombra, para não dar nenhum aviso, vi dois homens na calçada.

Eram homens de aparência bastante fina, de ombros largos e vigorosos, com pouco menos de quarenta anos, vestidos à moda comum do dia, com chapéus, pesados ternos de lã, sapatos de caminhada robustos e bengalas na mão. Sem dúvida, eles estavam olhando persistentemente para a minha casa aparentemente inquietante. Então, tendo trocado algumas palavras, eles se afastaram um pouco, e voltaram novamente.

"Você tem certeza de que são os mesmos homens que você viu antes?"

"Sim, senhor."

Evidentemente, eu não podia mais descartar o seu aviso como uma alucinação; e prometi a mim mesmo esclarecer o assunto. Quanto a seguir os homens eu mesmo, presumivelmente eu era muito conhecido por eles. Dirigir-me diretamente a eles provavelmente não teria nenhuma utilidade. Mas naquele mesmo dia, um dos nossos melhores homens deveria ser colocado de vigia, e se os espiões retornassem no dia seguinte, deveriam ser rastreados na sua vez, e vigiados até que a sua identidade fosse estabelecida.

No momento, eles estavam esperando para me seguir até a sede da polícia? Pois era lá que eu estava amarrado, como sempre. Se eles me acompanhassem, talvez eu pudesse oferecer-lhes uma hospitalidade pela qual eles me agradeceriam pouco.

Peguei meu chapéu; e enquanto a governanta continuava espreitando pela janela, desci as escadas, abri a porta e entrei na rua.

Os dois homens não estavam mais lá.

Apesar de toda a minha vigilância, naquele dia eu não vi mais nenhum deles enquanto passava pelas ruas. Daquele tempo em diante, de fato, nem a minha empregada, nem eu os vi novamente diante da casa, nem os encontrei em outro lugar. Sua aparência, porém, estava estampada em minha memória, eu não os esqueceria.

Talvez, afinal, admitindo que eu tivesse sido objeto da espionagem deles, eles tenham se equivocado na minha identidade. Depois de me olharem bem, eles agora não me seguem mais. Então, no final, cheguei a considerar este assunto como não mais importante do que a carta com as iniciais "M. d. M.".

Então, no dia 24 de junho, veio um novo evento, para estimular ainda mais meu interesse e o do público em geral pelos mistérios anteriores do automóvel e do barco. O Washington Evening Star publicou o seguinte relato, que foi copiado na manhã seguinte por todos os jornais do país.

"O Lago Kirdall no Kansas, a sessenta e cinco quilômetros a oeste de Topeka, é pouco conhecido. Merece um conhecimento mais amplo, e sem dúvida o terá no futuro, pois agora a atenção é chamada de uma forma muito notável.

Este lago, no meio das montanhas, parece não ter saída. O que perde por evaporação, recupera dos pequenos riachos vizinhos e das fortes chuvas.

O Lago Kirdall cobre cerca de cento e vinte quilômetros quadrados, e seu nível é apenas um pouco abaixo do das alturas que o cercam. Fechado entre as montanhas, só pode ser alcançado por gargantas estreitas e rochosas. Vários vilarejos, no entanto, surgiram em suas margens. Está cheio de peixes, e os barcos de pesca cobrem suas águas.

Este lago está em muitos lugares a cinquenta metros de profundidade, perto da costa. Pedras pontiagudas e afiadas formam as bordas desta enorme bacia. Os seus surtos, agitados por ventos fortes, batem nas suas margens com fúria, e as casas próximas são muitas vezes inundadas de spray como se fosse a chuva de um furacão. O lago, já profundo na borda, torna-se ainda mais profundo em direção ao centro, onde em alguns lugares as sondagens mostram mais de trezentos metros de água.

A indústria pesqueira sustenta uma população de vários milhares de habitantes, e há várias centenas de barcos de pesca, além da dúzia ou mais de pequenos vaporizadores que servem ao tráfego do lago. Além do círculo das montanhas estão as ferrovias que transportam os produtos da indústria da pesca por todo o Kansas e estados vizinhos.

Este relato do Lago Kirdall é necessário para a compreensão dos fatos marcantes que estamos prestes a relatar."

E foi isso que o Evening Star então relatou em seu assustador artigo. "Há algum tempo, os pescadores têm notado um estranho alvoroço nas águas do lago. Às vezes ele sobe como se uma onda subisse de suas profundezas. Mesmo com o tempo perfeitamente calmo, quando não há vento o que quer que seja, essa agitação às vezes surge em uma massa de espuma.

Atirados por ondas violentas e correntes irresponsáveis, os barcos foram varridos além de qualquer controle. Às vezes, eles foram atirados uns contra os outros, e isso resultou em sérios danos.

Esta confusão das águas evidentemente tem sua origem em algum lugar nas profundezas do lago; e várias causas têm sido mencionadas para explicar isso. A princípio, foi sugerido que o problema se devia a forças sísmicas, a alguma ação vulcânica sob o lago; mas esta hipótese teve que ser rejeitada quando se reconheceu que a perturbação não se limitava a uma localidade, mas se espalhava por toda a superfície do lago, seja em uma ou outra parte, no centro ou ao longo das margens, viajando quase em linha regular e de forma a excluir totalmente toda ideia de terremoto ou ação vulcânica.

Outra hipótese sugere que foi um monstro marinho que assim levantou as águas. Mas, a menos que a besta tivesse nascido no lago e lá tivesse crescido até suas proporções gigantescas insuspeitas, o que era escasso possível, ele deve ter vindo de fora. O Lago Kirdall, no entanto, não tem nenhuma ligação com outras águas. Se este lago estivesse situado perto de qualquer dos oceanos, poderia haver canais subterrâneos; mas no centro da América, e na altura de alguns milhares de metros acima do nível do mar, isto não é possível. Em resumo, aqui está outro enigma não fácil de resolver, e é muito mais fácil apontar a impossibilidade de falsas explicações, do que descobrir a verdadeira.

É possível que um barco submarino esteja sendo experimentado sob o lago? Tais barcos não são mais impossíveis hoje em dia. Há alguns anos, em Bridgeport, Connecticut, foi lançado um barco, o Protetor, que podia ir na água, debaixo d'água e também em terra. Construído por um inventor chamado Lake, fornecido com dois motores, um elétrico de setenta e cinco cavalos de potência e um a gasolina de duzentos e cinquenta cavalos de potência, também foi fornecido com rodas de um quintal de diâmetro, o que lhe permitiu rolar sobre as estradas, bem como nadar sobre os mares.

Mesmo assim, garantindo que o tumulto do Lago Kirdall poderia ser produzido por um submarino, levado a um alto grau de perfeição, permanece como antes a questão de como poderia ter chegado ao Lago Kirdall? O lago, fechado em todos os lados por um círculo de montanhas, não é mais acessível a um submarino do que a uma montanha-marinha.

Seja qual for a forma de resolver esta última questão intrigante, a natureza desta estranha aparência não pode mais ser questionada desde o dia 20 de junho. Naquele dia, à tarde, a escuna Markel, enquanto acelerava com todas as velas prontas, entrou em violenta colisão com algo logo abaixo do nível da água. Não havia cardume nem rochas próximas; pois o lago nesta parte tem vinte e cinco metros de profundidade. A escuna, com o arco e o lado bem quebrados, correu grande perigo de afundar. Ela conseguiu, no entanto, chegar à costa antes de seus deques ficarem completamente submersos.

Quando o Markel foi bombeado e içado em terra, um exame mostrou que ele tinha recebido um golpe perto da proa como se fosse de um carneiro poderoso.

A partir daí parece evidente que existe na verdade um barco submarino que se move sob a superfície do Lago Kirdall com a mais notável rapidez.

A coisa é difícil de explicar. Não há apenas uma pergunta sobre como o submarino chegou lá? Mas por que ele está lá? Por que ele nunca vem à tona? Que motivo tem seu dono para permanecer desconhecido? São de se esperar outros desastres do seu curso imprudente?"

O artigo no Evening Star fechou com esta sugestão verdadeiramente marcante: *"Depois do misterioso automóvel, veio o misterioso barco. Agora vem o misterioso submarino. Devemos concluir que os três motores são devidos ao gênio do mesmo inventor, e que os três veículos são na verdade apenas um?"*

CAPÍTULO 8. A QUALQUER CUSTO

A sugestão do Evening Star veio como uma revelação. Foi aceita em todos os lugares. Esses três veículos não eram apenas obra do mesmo inventor, eram a mesma máquina!

Não foi fácil ver como a notável transformação poderia ser realizada praticamente de um meio de locomoção para o outro. Como um automóvel poderia se tornar um barco, e mais ainda, um submarino? Tudo o que a máquina parecia faltar era o poder de voar pelo ar. No entanto, tudo o que se sabia das três diferentes máquinas, quanto ao seu tamanho, sua forma, sua falta de cheiro ou de vapor e, sobretudo, sua notável velocidade, parecia implicar sua identidade. O público, que explodiu com tantas emoções, encontrou nesta nova maravilha um estímulo para despertar sua curiosidade.

Os jornais agora se debruçavam principalmente sobre a importância da invenção. Este novo motor, seja em um ou três veículos, havia dado provas de sua potência. Que provas incríveis! A invenção deveria ser comprada a qualquer preço. O governo dos Estados Unidos deveria comprá-la imediatamente para o uso da nação. Certamente, as grandes potências europeias não parariam em nada para estar de antemão com a América, e ganhar posse de um motor tão inestimável para uso militar e naval. Que incalculáveis vantagens dariam a qualquer nação, tanto em terra como no mar! Seus poderes destrutivos não poderiam sequer ser estimados, até que suas qualidades e limitações fossem mais bem conhecidas. Nenhuma quantia de dinheiro seria grande demais para pagar pelo segredo; os Estados Unidos não poderiam dar um melhor uso a seus milhões.

Mas para comprar a máquina, era preciso encontrar o inventor; e aí estava a principal dificuldade. Em vão o Lago Kirdall foi revistado de ponta a ponta. Mesmo suas profundezas foram exploradas com uma linha de sondagem sem resultado. Deve-se concluir que o submarino já não espreitava mais sob suas águas? Mas, nesse caso, como o barco tinha escapado? Aliás, como tinha entrado ali? Um problema insolúvel!

Sobre o submarino já não se ouvia mais, nem no Lago Kirdall, nem em outro lugar. Tinha desaparecido como o automóvel das estradas, e como o barco das margens da América. Várias vezes em minhas entrevistas com o Sr. Ward, discutimos este assunto, que ainda enchia nossas mentes. Nossos homens continuaram em todos os lugares à espreita, mas tão sem sucesso quanto outros agentes.

Na manhã do dia 27 de junho, fui convocado para a presença do Sr. Ward.

"Bem, Strock," disse ele, "aqui está uma esplêndida chance para você obter sua vingança."

"Vingança para a grande decepção do Great Eyrie?"

"Claro que sim."

"Que chance?" perguntei eu, sem saber se ele falava sério, ou em brincadeira.

"Escute," respondeu ele. "Você não gostaria de descobrir o inventor desta máquina tripla?"

"Eu certamente deveria, Sr. Ward. Dê-me a ordem de tomar conta do assunto, e eu farei o impossível para ter sucesso. É verdade, acredito que vai ser difícil."

"Sem dúvida, Strock. Talvez até mais difícil do que penetrar no Great Eyrie."

Ficou evidente que o Sr. Ward tinha a intenção de me unir sobre o meu insucesso. Ele não faria isso, eu me sentia seguro, por mera indelicadeza. Talvez então ele quisesse despertar a minha resolução. Ele me conhecia bem; e percebeu que eu teria dado qualquer coisa no mundo para recuperar a minha derrota. Esperei silenciosamente por novas instruções.

O Sr. Ward largou o seu gracejo e me disse muito generosamente: "Eu sei, Strock, que você realizou tudo o que dependia dos poderes humanos; e que nenhuma culpa lhe é atribuída. Mas enfrentamos agora um assunto muito diferente daquele do Great Eyrie. No dia em que o governo decidir forçar esse segredo, tudo estará pronto. Só temos que gastar alguns milhares de dólares, e o caminho estará aberto."

"É isso que eu gostaria de pedir."

"Mas no momento," disse o Sr. Ward, abanando a cabeça, "é muito mais importante colocar as mãos neste fantástico inventor, que nos escapa tão constantemente. Isso é trabalho para um detetive, de fato; um detetive mestre."

"Ele não voltou a ser ouvido... "

"Não; e embora haja todos os motivos para acreditar que ele esteve, e ainda continua, sob as águas do Lago Kirdall, tem sido impossível encontrar qualquer vestígio dele em qualquer lugar por lá. Quase se imagina que ele tem o poder de se tornar invisível, esse Proteu de um mecânico!"

"Parece provável," eu disse, "que ele nunca será visto até que deseje."

"É verdade, Strock. E, para mim, só há uma maneira de lidar com ele, que é oferecer-lhe um preço tão enorme que ele não pode se recusar a vender sua invenção."

O Sr. Ward estava certo. Na verdade, o governo já havia se esforçado para garantir o discurso com esse herói da época, do que certamente nenhum ser humano jamais mereceu tão bem o título. A imprensa tinha espalhado amplamente a notícia, e este indivíduo extraordinário deveria certamente saber o que o governo desejava dele, e como ele poderia nomear completamente os termos que desejava.

"Certamente," acrescentou Ward, "esta invenção não pode ser de utilidade pessoal para o homem, que a esconda do resto de nós. Há todos os motivos pelos quais ele deveria vendê-la. Pode este desconhecido já ser algum criminoso perigoso que, graças à sua máquina, espera desafiar toda perseguição?"

Meu chefe então passou a explicar que tinha sido decidido empregar outros meios em busca do inventor. Era possível, afinal, que ele tivesse perecido com sua máquina em alguma manobra perigosa. Se assim fosse, o veículo arruinado poderia revelar-se quase tão valioso e instrutivo para o mundo mecânico quanto o próprio homem. Mas desde o acidente com a escuna Markel no Lago Kirdall, nenhuma notícia sobre ele chegou à polícia.

Neste ponto, o Sr. Ward não tentou esconder seu desapontamento e sua ansiedade. Ansiedade, sim, pois estava se tornando manifestamente cada vez mais difícil para ele cumprir seu dever de proteger o público. Como poderíamos prender criminosos, se eles podiam fugir da justiça a tal velocidade, tanto por terra quanto por mar? Como poderíamos persegui-los sob os oceanos? E quando os balões dirigíveis também deveriam ter alcançado sua plena perfeição, teríamos até que perseguir os homens pelo ar! Eu me perguntei se meus colegas e eu não nos veríamos um dia reduzidos a uma total impotência? Se os policiais, se tornassem um incômodo inútil, seriam definitivamente descartados pela sociedade?

Aqui, me repetia a carta jocosa que tinha recebido quinze dias antes, a carta que ameaçava a minha liberdade e até mesmo a minha vida. Recordei, também, a espionagem singular de que eu havia sido objeto. Perguntei-me se era melhor mencionar estas coisas ao Sr. Ward. Mas eles pareciam não ter absolutamente nenhuma relação com o assunto agora em mãos. O caso do Great Eyrie havia sido definitivamente posto de lado pelo governo, já que uma erupção não era mais ameaçadora. E agora eles queriam me empregar neste novo assunto. Esperei, então, para mencionar esta carta ao meu chefe em algum momento futuro, quando não seria uma piada tão dolorosa para mim.

O Sr. Ward retomou a nossa conversa. "Estamos resolvidos por alguns meios a estabelecer comunicação com este inventor. Ele desapareceu, é verdade; mas ele pode reaparecer a qualquer momento, e em qualquer parte do país. Eu o escolhi, Strock, para segui-lo no instante em que ele aparecer. Você deve se manter pronto para deixar Washington no momento. Não saia de sua casa, a não ser para vir aqui à sede todos os dias; avise-me, a cada vez por telefone, quando começar de casa, e me informe pessoalmente no momento em que chegar aqui."

"Vou seguir exatamente as ordens, Sr. Ward," respondi. "Mas permita-me uma pergunta. Devo agir sozinho, ou será melhor que alguém se junte a mim?"

"É isso que pretendo," disse o chefe, me interrompendo. "Você deve escolher dois dos nossos homens que você acha que são os melhores."

"Eu vou fazer isso, Sr. Ward. E agora, se um dia ou outro eu estiver na presença do nosso homem, o que devo fazer com ele?"

"Acima de tudo, não o perca de vista. Se não há outra maneira, prenda-o. Você terá um mandado."

"Uma precaução útil, Sr. Ward. Se ele começou a pular em seu automóvel e a acelerar ao ritmo que sabemos, devo detê-lo a qualquer custo. Não se pode discutir muito com um homem que faz trezentos e vinte quilômetros por hora."

"Você deve evitar isso, Strock. E a prisão feita, me telegrafe. Depois disso, o assunto estará em minhas mãos."

"Conte comigo, Sr. Ward; a qualquer hora, dia ou noite, estarei pronto para começar com os meus homens. Agradeço-lhe por ter confiado esta missão a mim. Se ela for bem-sucedida, será uma grande honra..."

"E de grande lucro," acrescentou meu chefe, dispensando-me.

Ao voltar para casa, fiz todos os preparativos para uma viagem de duração indeterminada. Talvez a minha boa governanta imaginasse que eu planejasse um retorno a Great Eyrie, que ela considerava como uma antecâmara do próprio inferno. Ela não disse nada, mas foi trabalhar com uma cara muito desesperada. No entanto, certo como eu era de sua discrição, eu não lhe disse nada. Nesta grande missão eu não confiava em ninguém.

Minha escolha sobre os dois homens que me acompanhariam foi facilmente feita. Ambos pertenciam ao meu próprio departamento e, muitas vezes sob meu comando direto, deram provas de seu vigor, coragem e inteligência. Um deles, John Hart, de Illinois, era um homem de trinta anos; o outro, de trinta e dois, era Nab Walker, de Massachusetts. Eu não poderia ter tido melhores assistentes.

Passaram-se vários dias, sem notícias, nem do automóvel, nem do barco, nem do submarino. Havia rumores em abundância; mas a polícia sabia que eles eram falsos. Quanto às histórias imprudentes que apareciam nos jornais, a maioria delas era sem qualquer fundamento. Mesmo os melhores jornais não podem ser confiáveis para recusar uma notícia excitante por mero motivo de sua falta de confiabilidade.

Então, duas vezes em rápida sucessão, veio o que parecia relatos de confiança sobre o nosso "homem do momento". O primeiro afirmava que ele havia sido visto nas estradas do Arkansas, perto de Little Rock. O segundo, que ele estava no meio do Lago Superior.

Infelizmente, estes dois avisos eram absolutamente inconciliáveis; pois enquanto o primeiro deu a tarde de 26 de junho, como a hora da aparição, o segundo a marcou para a noite do mesmo dia. Agora, estes dois pontos do território dos Estados Unidos estão a não menos de mil e trezentos quilômetros de distância. Mesmo concedendo ao automóvel esta velocidade impensável, maior do que qualquer outra que ele já havia mostrado, como ele poderia ter atravessado todo o país interveniente sem ser visto? Como poderia ter atravessado os estados do Arkansas, Missouri, Iowa e Wisconsin, de ponta a ponta sem que ninguém de nossos agentes nos avisasse, sem que qualquer pessoa interessada se apressasse para um telefone?

Depois dessas duas aparições momentâneas, se as aparências foram, a máquina novamente desistiu do conhecimento. O Sr. Ward achou que não valia a pena despachar a mim e aos meus homens para que nenhum dos dois apontasse de onde tinha sido relatado.

Mas como essa máquina maravilhosa parecia ainda existir, algo deve ser feito. O seguinte aviso oficial foi publicado em todos os jornais dos Estados Unidos sob o dia 3 de julho. Ele foi redigido nos termos mais formais:

"Durante o mês de abril deste ano, um automóvel percorreu as estradas da Pensilvânia, Kentucky, Ohio, Tennessee, Missouri, Illinois; e no dia 27 de maio, durante a corrida realizada pelo Clube do Automóvel Americano, cobriu o percurso em Wisconsin. Em seguida, desapareceu.

Durante a primeira semana de junho, uma manobra de barco em grande velocidade surgiu na costa da Nova Inglaterra, entre o Cape Cod e o Cape Sable, e mais particularmente em torno de Boston. Depois ele desapareceu.

Na segunda quinzena do mesmo mês, um barco submarino foi manobrado sob as águas do Lago Kirdall, no Kansas. Depois ele desapareceu.

Tudo aponta para a crença de que o mesmo inventor deve ter construído essas três máquinas, ou talvez sejam a mesma máquina, construída para viajar tanto em terra quanto na água.

Portanto, uma proposta é dirigida ao referido inventor, seja ele quem for, com o objetivo de adquirir a referida máquina.

Pede-se a ele que se dê a conhecer e que indique os termos que tratará com o governo dos Estados Unidos. Também é solicitado a ele que responda o mais rápido possível ao Departamento de Polícia Federal, Washington, D.C., Estados Unidos da América."

Tal foi o aviso impresso em letras grandes na primeira página de cada jornal. Certamente não poderia deixar de chegar aos olhos dele, a quem se destinava, onde quer que ele estivesse. Ele o leria. Ele não poderia deixar de responder de alguma forma. E por que ele deveria recusar uma oferta tão ilimitada? Só nos restava aguardar sua resposta.

Pode-se facilmente imaginar o quanto a curiosidade do público aumentava. De manhã à noite, uma multidão ansiosa e barulhenta pressionava sobre a polícia, esperando a chegada de uma carta ou de um telegrama. Os melhores repórteres estavam no local. Que honra, que lucro viria ao jornal que foi o primeiro a publicar a famosa notícia! Saber por fim o nome e o lugar do desconhecido não descoberto! E para saber se concordaria com algum acordo com o governo! Escusado será dizer que a América faz as coisas em uma escala magnífica. Milhões não faltariam para o inventor. Se necessário, todos os milionários do país abririam suas inesgotáveis carteiras!

O dia passou. A quantas pessoas excitadas e impacientes parecia conter mais de vinte e quatro horas! E a cada hora, mais de sessenta minutos! Não veio nenhuma resposta, nenhuma carta, nenhum telegrama! Na noite seguinte, ainda não havia notícias. E foi a mesma coisa no dia seguinte e no outro.

Chegou, porém outro resultado, que tinha sido totalmente

previsto. Os meios de comunicação informaram a Europa sobre o que o governo dos Estados Unidos havia feito. Os diferentes poderes do Velho Mundo esperavam também obter a posse da maravilhosa invenção. Por que não deveriam eles lutar por uma vantagem tão tremenda? Por que não deveriam entrar no concurso com seus milhões?

Em resumo, todas as grandes potências participaram do caso, França, Inglaterra, Rússia, Itália, Áustria, Alemanha. Apenas os governos da segunda ordem se abstiveram de entrar, com seus menores recursos, com um esforço inútil. A imprensa europeia publicou notícias idênticas as dos Estados Unidos. O extraordinário "motorista" só tinha que falar, para se tornar rival dos Vanderbilts, dos Astors, dos Goulds, dos Morgans e dos Rothschilds de todos os países da Europa.

E, quando o misterioso inventor não fez nenhum sinal, que ofertas atraentes foram feitas para tentá-lo a descartar o segredo em que ele estava envolto! O mundo inteiro se tornou um mercado público, uma casa de leilões de onde surgiram as mais incríveis ofertas. Duas vezes ao dia os jornais somavam as quantidades, e estas continuavam a subir de milhões para milhões. O fim veio quando o Congresso dos Estados Unidos, após uma sessão memorável, votou para oferecer a soma de vinte milhões de dólares. E não havia um cidadão dos Estados Unidos de qualquer posição, que se opusesse à quantia, tanta importância era dada à posse desse prodigioso motor de locomoção. Quanto a mim, disse enfaticamente à minha velha governanta: "A máquina vale ainda mais do que isso."

Evidentemente as outras nações do mundo não pensavam assim, pois suas ofertas ficaram abaixo da soma final. Mas como foi inútil essa luta poderosa dos grandes rivais! O inventor não apareceu! Ele não existiu! Ele nunca tinha existido! Era tudo um monstruoso fingimento dos jornais americanos. Isso, ao menos, tornou-se a visão anunciada do Velho Mundo.

E assim o tempo passou. Não havia mais notícias do nosso homem, não houve resposta dele. Ele não apareceu mais. De minha parte, sem saber o que pensar, comecei a perder toda a esperança de chegar a qualquer solução para o estranho caso.

Então, na manhã do dia 15 de julho, uma carta sem selos foi encontrada na caixa do correio da delegacia. Depois que as autoridades a estudaram, foi entregue aos jornais de Washington, que a publicaram em exemplares especiais. Ela foi redigida da seguinte forma.

CAPÍTULO 9. A SEGUNDA CARTA

"A bordo do Terror

15 de julho.

Para o Velho e Novo Mundo,

As propostas que emanam dos diferentes governos da Europa, como também as que finalmente foram feitas pelos Estados Unidos da América, não precisam esperar outra resposta além desta:

Eu recuso absoluta e definitivamente as somas oferecidas pela minha invenção.

Minha máquina não será nem francesa nem alemã, nem austríaca nem russa, nem inglesa nem americana.

A invenção continuará sendo minha, e eu a usarei como me agradar.

Com ela, eu tenho o controle do mundo inteiro, e não há força ao alcance da humanidade que seja capaz de me resistir, sob qualquer circunstância.

Que ninguém tente me agarrar ou me deter – o que será totalmente impossível. Qualquer dano que alguém tente me causar, eu vou voltar cem vezes.

Quanto ao dinheiro que me é oferecido, eu o desprezo! Eu não tenho necessidade disso. Além disso, no dia em que me agrada ter milhões, ou bilhões, eu só tenho de estender a mão e pegá-los.

Que tanto o Velho como o Novo Mundo percebam isso: Eles não podem fazer nada contra mim; eu posso fazer qualquer coisa contra eles.

Eu assino esta carta:

O Mestre do Mundo."

CAPÍTULO 10.
FORA DA LEI

Tal foi a carta endereçada ao governo dos Estados Unidos. Quanto à pessoa que a tinha colocado na caixa do correio da polícia, ninguém a tinha visto.

A calçada em frente aos nossos escritórios provavelmente não tinha ficado sem movimento durante toda a noite. Do pôr do sol ao nascer do sol, sempre havia pessoas, ocupadas, ansiosas ou curiosas, passando diante de nossa porta. É verdade, porém, que mesmo assim, o portador da carta poderia facilmente ter deixado cair a carta na caixa sem ser notado. A noite estava tão escura que mal se podia ver de um lado para o outro da rua.

Eu disse que esta carta apareceu em exemplares especiais em todos os jornais para os quais o governo a comunicou. Talvez se imagine naturalmente que o primeiro comentário do público seria: "Este é o trabalho de algum brincalhão." Foi assim que eu classifiquei minha carta sobre o Great Eyrie, cinco semanas antes.

Mas esta não foi a atitude geral em relação à presente carta, nem em Washington, nem no resto da América. Aos poucos que teriam sustentado que o documento não deveria ser levado a sério, uma imensa maioria teria respondido: "Esta carta não tem o estilo nem o espírito de um bobo. Apenas um homem poderia tê-la escrito; e esse é o inventor dessa máquina inacessível."

Para a maioria das pessoas esta conclusão parecia indiscutível devido a um curioso estado de espírito facilmente explicável. Para todos os estranhos fatos dos quais até então faltava a chave, esta carta fornecia uma explicação. A teoria agora quase universalmente aceita era a seguinte: O inventor havia se escondido por um tempo, apenas para reaparecer mais assustadoramente em alguma nova luz. Ao invés de ter perecido em um acidente, ele se escondeu em algum retiro onde a polícia não conseguiu descobri-lo. Depois, para afirmar positivamente sua atitude para com todos os governos, ele havia escrito esta carta. Mas ao invés de deixá-la cair no correio em qualquer localidade - o que poderia ter resultado em um rastreamento - ele mesmo veio a Washington e a depositou no próprio local sugerido pelo aviso oficial do governo, o departamento de polícia.

Pois bem! Se esse personagem notável levou em consideração que essa nova prova de sua existência faria algum barulho nos dois mundos, ele certamente pensou certo. Naquele dia, os milhões de pessoas boas que leram e releram seu jornal diário puderam empregar uma frase conhecida, mal acreditando em seus olhos.

Quanto a mim, estudei cuidadosamente cada frase do documento desafiador. A caligrafia era preta e pesada. Um especialista em quirografia teria sem dúvida distinguido nas linhas traços de um temperamento violento, de um caráter austero e antissocial. De repente, um grito me escapou - um grito que, felizmente, minha governanta não ouviu. Por que eu não havia notado mais cedo a semelhança desta caligrafia com a da carta que eu havia recebido de Morganton?

Além disso, uma coincidência ainda mais significativa, as iniciais com as quais minha carta havia sido assinada, não representavam as palavras "Mestre do Mundo"?

E de onde veio a segunda carta? "A bordo do Terror". Sem dúvida este nome era o da máquina tripla comandada pelo misterioso capitão. As iniciais na minha carta eram a sua própria assinatura; e foi ele quem me ameaçou, se eu ousasse renovar a minha tentativa no Great Eyrie.

Levantei-me e tirei da minha mesa a carta de 13 de junho. Eu o comparei com exemplar dos jornais. Não havia dúvidas sobre isso. Ambas estavam na mesma escrita de mão peculiar.

Minha mente funcionou com entusiasmo. Procurei traçar as prováveis deduções deste fato marcante, conhecido apenas por mim. O homem que me tinha ameaçado era o comandante deste Terror - nome assustador, só que muito bem justificado! Eu me perguntei se nossa busca não poderia agora ser processada sob condições menos vagas. Não poderíamos agora colocar nossos homens em uma trilha que levaria definitivamente ao sucesso? Em resumo, que relação existia entre o Terror e o Great Eyrie? Que ligação havia entre o fenômeno das Montanhas Blue Ridge e as não menos fenomenais performances da fantástica máquina?

Eu sabia qual deveria ser o meu primeiro passo; e com a carta no bolso, apressei-me até a sede da polícia. Perguntando se o Sr. Ward estava disponível e recebendo uma resposta afirmativa, eu me apressei em direção à sua porta. Quando ele me chamou para entrar, eu entrei na sala com muita vontade.

O chefe tinha espalhado diante dele a carta publicada nos jornais, não um exemplar, mas o próprio original que havia sido depositado na caixa postal do departamento.

"Você vem como se tivesse notícias importantes, Strock?"

"Julgue por si mesmo, Sr. Ward," e eu tirei do meu bolso a carta com as iniciais.

O Sr. Ward pegou, olhou de relance para seu rosto e perguntou: "O que é isso?"

"Uma carta assinada apenas com iniciais, como você pode ver."

"E de onde ela vem?"

"De Morganton, na Carolina do Norte."

"Quando você a recebeu?"

"Há um mês, dia 13 de junho."

"O que você achou disso, então?"

"Que tinha sido escrito como uma brincadeira."

"E agora, Strock?"

"Agora eu penso o que você vai pensar, Sr. Ward, depois de estudá-la."

Meu chefe virou-se novamente para a carta e a leu cuidadosamente. "Está assinada com três iniciais," disse ele.

"Sim, Sr. Ward, e essas iniciais pertencem às palavras 'Mestre do Mundo', neste exemplar."

"Da qual esta é a original," respondeu o Sr. Ward, retomando o assunto.

"É bastante evidente," insisti, "que as duas letras foram escritas pela mesma mão."

"Parece que sim."

"Você vê que ameaças são feitas contra mim, para proteger o Great Eyrie."

"Sim, ameaças de morte! Mas Strock, você tem esta carta há um mês. Por que você não me mostrou isso antes?"

"Porque eu não dei importância a isso. Hoje, após a carta do Terror, ela deve ser levada a sério."

"Eu concordo com você. Parece-me o mais importante. Eu até espero que isso possa trazer um meio de rastrear esse estranho personagem."

"Isso é o que eu também espero, Sr. Ward."

"Somente que conexão pode existir entre o Terror e o Great Eyrie?"

"Isso eu não sei. Eu nem consigo imaginar."

"Só pode haver uma explicação," continuou o Sr. Ward, "embora seja quase inadmissível, até mesmo impossível."

"E isso é..."

"Que o Great Eyrie foi o local escolhido pelo inventor, onde ele reuniu seu material."

"Isso é impossível!" eu gritei. "De que forma ele conseguiria seu material lá dentro? E como traria a máquina dele para fora? Depois do que eu vi, Sr. Ward, sua sugestão é impossível."

"A menos que, Strock..."

"A menos que o quê?" eu exigi.

"A menos que a máquina deste 'Mestre do Mundo' tenha também asas, que lhe permitam refugiar-se no Great Eyrie."

Com esta sugestão de que o Terror, que havia revistado as profundezas do mar, fosse capaz também de rivalizar com os abutres e as águias, não consegui conter um encolher expressivo de incredulidade. Nem o próprio Sr. Ward se debruçou sobre a hipótese extravagante.

Ele pegou as duas cartas e as comparou novamente. Ele as examinou sob uma lupa, especialmente as assinaturas, e estabeleceu sua perfeita identidade. Não apenas a mesma mão, mas a mesma caneta as tinha escrito.

Após alguns momentos de reflexão, o Sr. Ward disse: "Vou guardar a sua carta, Strock. Decididamente, eu acho, que você está destinado a desempenhar um papel importante neste estranho caso, ou melhor, nestes dois casos. Que fio os prende, eu ainda não consigo ver; mas tenho certeza de que o fio existe. Você foi conectado com o primeiro, e não será surpreendente se você tiver uma grande parte no segundo."

"Eu espero que sim, Sr. Ward. Você sabe como eu sou inquisitivo."

"Certo, Strock, isso está entendido. Agora, só posso repetir minha ordem anterior: mantenha-se em prontidão para sair de Washington em um momento de aviso."

Durante todo esse dia, a excitação pública causada pela carta desafiadora cresceu cada vez mais alta. Foi sentido tanto na Casa Branca como no Capitólio que a opinião pública exigia absolutamente alguma ação. Claro, era difícil fazer qualquer coisa. Onde se pode encontrar esse Mestre do Mundo? E mesmo se ele fosse descoberto, como poderia ser capturado? Ele tinha à sua disposição não apenas os poderes que havia demonstrado, mas aparentemente recursos ainda maiores, ainda desconhecidos. Como ele tinha conseguido alcançar o Lago Kirdall sobre as rochas; e como ele tinha escapado dele? Então, se ele tivesse realmente aparecido no Lago Superior, como teria coberto todo o território interveniente sem ser visto?

Que caso desconcertante era este! Isto, é claro, tornou ainda mais importante chegar ao fundo da questão. Como os milhões de dólares tinham sido recusados, a força deveria ser empregada. O inventor e sua invenção não aceitavam ser comprados. E em que termos arrogantes e ameaçadores ele tinha dado a sua recusa! Que assim seja! Ele deveria ser tratado como um inimigo da sociedade, contra o qual todos os meios se justificam, para que fosse privado de seu poder de ferir outros. A ideia de que ele havia perecido foi agora totalmente descartada. Ele estava vivo, muito vivo; e sua existência constituía um perigo público perpétuo!

Influenciado por essas ideias, o governo emitiu a seguinte proclamação:

"*Como o comandante do Terror se recusa a tornar pública sua invenção, já que o uso que faz de sua máquina constitui uma ameaça pública, contra a qual é impossível guardar, o referido comandante do Terror é colocado além da proteção da lei. Quaisquer medidas tomadas no esforço de capturá-lo ou destruí-lo, ou a sua máquina, serão aprovadas e recompensadas."*

Era uma declaração de guerra. Guerra até a morte contra esse "Mestre do Mundo" que pensava ameaçar e desafiar uma nação inteira, a nação americana!

Antes do dia terminar, várias recompensas de grandes quantidades foram prometidas a quem revelasse o esconderijo desse perigoso inventor, a quem o pudesse identificar e a quem devesse livrar o país dele.

Tal foi a situação durante a última quinzena de julho. Tudo foi deixado ao risco da fortuna. No momento em que o fora da lei reaparecesse, ele seria visto e sinalizado, e quando a oportunidade chegasse, ele seria preso. Isto não podia ser feito quando ele estava em seu automóvel em terra ou em seu barco na água. Não; ele deveria ser apreendido de repente, antes de ter qualquer oportunidade de escapar por meio daquela velocidade que nenhuma outra máquina poderia igualar.

Eu estava, portanto, todo alerta, aguardando uma ordem do Sr. Ward para partir com os meus homens. Mas a ordem não chegava pela razão muito boa de que o homem a quem ela se referia permanecia escondido. O final de julho se aproximava. Os jornais continuavam a empolgação. Eles publicavam repetidos rumores. Novas pistas estavam sendo constantemente anunciadas. Mas tudo isso era mera conversa fiada. Os telegramas chegavam ao departamento de polícia de todas as partes da América, cada um contradizendo e anulando os outros. As enormes recompensas oferecidas não poderiam deixar de tornar tudo mais difícil; erros e erros eram cometidos, muitos deles de boa fé. Uma vez seria uma nuvem de pó levantada pelo misterioso automóvel. Em outro momento, quase qualquer onda em qualquer dos mil lagos da América representava o submarino. Na verdade, no estado excitado do imaginário público, as aparições nos assaltavam de todos os lados.

Finalmente, no dia 29 de julho, recebi uma mensagem telefônica para ir até o Sr. Ward imediatamente. Vinte minutos depois eu estava no gabinete dele.

"Você irá partir em uma hora, Strock," disse ele.

"Para onde?"

"Para Toledo."

"Ele foi visto lá?"

"Sim. Em Toledo você receberá suas instruções finais."

"Em uma hora, meus homens e eu estaremos a caminho."

"Ótimo! E, Strock, eu agora lhe dou uma ordem formal."

"E qual é esta ordem, Sr. Ward?"

"Você deve ter sucesso! Desta vez tenha sucesso!"

CAPÍTULO 11. A CAMPANHA

Então o comandante desconhecido tinha reaparecido no território dos Estados Unidos! Ele nunca havia se mostrado na Europa, nem nas estradas, nem nos mares. Ele não tinha atravessado o Atlântico, que aparentemente poderia ter atravessado em três dias. Será que ele pretendia então fazer apenas da América o cenário de suas façanhas? Devemos concluir daí que ele era um americano?

Deixe-me insistir sobre este ponto. Parecia claro que o submarino poderia facilmente ter atravessado o vasto mar que separa o Novo e o Velho Mundo. Não só sua incrível velocidade teria feito sua viagem curta, em comparação com a do navio a vapor mais rápido, mas também teria escapado de todas as tempestades que tornam a viagem perigosa. Não existiam tempestades para isso. Ele teria apenas que abandonar a superfície das ondas, e poderia encontrar calma absoluta a poucos metros abaixo.

Mas o inventor não tinha atravessado o Atlântico, e se ele fosse capturado agora, provavelmente estaria em Ohio, já que Toledo é uma cidade daquele estado.

Desta vez, o fato do aparecimento da máquina tinha sido mantido em segredo entre a polícia e os agentes que a tinham avisado, e com quem eu estava me apressando para me encontrar. Nenhum jornal - e muitos teriam pagado caro pela chance - estava imprimindo esta notícia. Nós tínhamos decidido que nada deveria ser revelado até que nosso esforço estivesse no fim. Nenhuma indiscrição seria cometida pelos meus camaradas ou por mim mesmo.

O homem para quem fui enviado com uma ordem do Sr. Ward se chamava Arthur Wells. Ele nos esperou em Toledo. A cidade de Toledo fica no extremo oeste do Lago Erie. Nosso trem andou à noite pela Virgínia Ocidental e Ohio. Não houve atraso; e antes do meio-dia do dia seguinte, a locomotiva parou na estação de Toledo.

John Hart, Nab Walker e eu saímos com malas de viagem em nossas mãos, e revólveres nos bolsos. Talvez precisaríamos de armas para um ataque, ou mesmo para nos defendermos. Eu mal havia saído do trem quando avistei o homem que nos esperava. Ele estava escaneando os passageiros que chegavam com impaciência, evidentemente tão ansioso e cheio de pressa quanto eu.

Eu o abordei: " Sr. Wells?" disse eu.

"Sr. Strock?" perguntou ele.

"Sim."

"Estou às suas ordens," disse o Sr. Wells.

"Vamos parar em Toledo a qualquer momento?" eu perguntei.

"Não; com a sua permissão, Sr. Strock. Uma carruagem com dois bons cavalos está esperando do lado de fora da estação; e devemos partir imediatamente para chegar ao nosso destino o mais rápido possível."

"Iremos imediatamente," respondi, assinando aos meus dois homens para nos seguir. "É longe?"

"Trinta quilômetros."

"E como o lugar é chamado?"

"Black Rock Creek."

Tendo deixado nossas malas em um hotel, começamos nosso passeio de carruagem. Para minha surpresa descobri que havia provisões suficientes para vários dias embalados sob o assento do veículo. O Sr. Wells me disse que a região ao redor de Black Rock Creek estava entre as mais selvagens do estado. Não havia lá nada que atraísse agricultores ou pescadores. Não encontraríamos uma pousada para nossas refeições nem um quarto para dormir. Felizmente, durante o calor de julho não haveria dificuldades mesmo se tivéssemos que ficar uma ou duas noites sob as estrelas.

Mais provavelmente, porém, se tivéssemos sucesso, o assunto não nos ocuparia muitas horas. Ou o comandante do Terror seria surpreendido antes de ter a chance de escapar, ou ele fugiria e nós deveríamos desistir de toda a esperança de prendê-lo.

Arthur Wells era um homem de cerca de quarenta, grande e poderoso. Eu o conhecia pela reputação de ser um dos melhores agentes da nossa polícia local. Fresco em perigo e empreendedor sempre, ele provou sua ousadia em mais de uma ocasião, em perigo de vida. Ele estava em Toledo devido a uma missão totalmente diferente, quando o acaso o jogou na pista do Terror.

Dirigimos rapidamente ao longo da margem do Lago Erie, em direção ao sudoeste. Este mar interior de água está no limite norte dos Estados Unidos, entre o Canadá de um lado e os Estados de Ohio, Pensilvânia e Nova York do outro. Se eu parar para mencionar a posição geográfica deste lago, sua profundidade, sua extensão e as águas mais próximas, é porque o conhecimento é necessário para a compreensão dos eventos que estavam prestes a acontecer.

A superfície do Lago Erie cobre cerca de dezesseis mil quilômetros quadrados. Está a quase seiscentos metros acima do nível do mar. Junta-se ao noroeste, por meio do Rio Detroit, com os lagos ainda maiores a oeste, e recebe suas águas. Tem também rios próprios, porém de menor importância, como o Rocky, o Cuyahoga e o Negro. O lago se esvazia em sua extremidade nordeste no Lago Ontário por meio do Rio Niágara e suas famosas quedas.

A maior profundidade conhecida do Lago Erie é de mais de cento e trinta metros. Daí que se verá que a massa das suas águas é considerável. Em resumo, esta é uma região dos mais magníficos lagos. A terra, embora não situada muito ao norte, está exposta à varredura total do frio ártico. A região ao norte é baixa, e os ventos do inverno se precipitam com extrema violência. Por isso o Lago Erie às vezes fica congelado de costa à costa.

As principais cidades na fronteira deste grande lago são Buffalo, a leste, que pertence ao estado de Nova York, e Toledo, em Ohio, a oeste, com Cleveland e Sandusky, ambas cidades de Ohio, ao sul. As cidades e vilarejos menores são numerosos ao longo da costa. O tráfego é naturalmente grande, sendo o seu valor anual estimado em consideravelmente mais de dois milhões de dólares.

Nossa carruagem seguiu por uma estrada acidentada e pouco usada ao longo das margens do lago; e enquanto seguíamos, Arthur Wells me contou sobre tudo o que ele havia aprendido.

Menos de dois dias antes, na tarde de 27 de julho, Wells estava cavalgando em direção à cidade de Herly. Oito quilômetros fora da cidade, ele estava cavalgando por um pequeno bosque, quando viu, bem acima do lago, um submarino que subiu subitamente acima das ondas. Ele parou, amarrou seu cavalo e deslizou até a beira do lago. Lá, escondido atrás de uma árvore, ele viu um submarino avançar na sua direção e parar na boca de Black Rock Creek. Seria a famosa máquina que o mundo inteiro buscava, que assim veio diretamente aos seus pés?

Quando o submarino estava perto das rochas, dois homens subiram em seu convés e pisaram em terra. Um deles seria o tal "Mestre do Mundo" - que não era visto desde que foi denunciado pelo Lago Superior? Seria este o misterioso Terror que assim se levantou das profundezas do Lago Erie?

"Eu estava sozinho," disse Wells. "Se você e seus assistentes, Sr. Strock, estivessem lá, nós quatro contra eles dois, teríamos conseguido alcançar esses homens e os prendido antes que pudessem ter recuperado o submarino e fugido."

"Provavelmente," eu respondi. "Mas não havia outros no barco com eles? Mesmo assim, se tivéssemos capturado os dois, poderíamos ao menos ter aprendido quem eles eram."

"E acima de tudo," acrescentou Wells, "se um deles se revelasse o capitão do Terror!"

"Tenho apenas um medo, Wells; este submarino, seja o que

buscamos ou outro, pode ter deixado a enseada desde a sua partida."

"Saberemos disso dentro de algumas horas, agora. Rezem para os céus que ele ainda esteja lá!"

"Mas," perguntei eu, "você ficou olhando na floresta até a noite?"

"Não; saí depois de uma hora de vigia e fui direto para a estação de telégrafo de Toledo. Cheguei lá tarde da noite e mandei notícias imediatas para Washington."

"Isso foi na noite antes de ontem. Você voltou ontem para Black Rock Creek?"

"Sim."

"O submarino ainda estava lá?"

"No mesmo lugar."

"E os dois homens?"

"Os mesmos dois homens. Eu julgo que algum acidente possa ter acontecido, e eles vieram a este lugar solitário para repará-lo."

"Provavelmente sim," disse eu. "Alguns danos que os impossibilitaram de recuperar o seu esconderijo habitual. Se eles ainda estiverem aqui!"

"Tenho razões para acreditar que estão, pois muita coisa foi tirada do barco, e colocada sobre a costa; e assim como eu pude discernir à distância eles pareciam estar trabalhando a bordo."

"Só os dois homens?"

"Apenas os dois."

"Mas," protestei, "dois podem ser suficientes para manejar um aparelho de tal velocidade, e de tal complexidade, que seja ao mesmo tempo automóvel, barco e submarino?"

"Acho que não, Sr. Strock; mas eu só vi os mesmos dois. Várias vezes eles chegaram à beira da mata onde eu estava escondido, e juntaram paus para uma fogueira que fizeram na praia. A região é tão desabitada e a enseada tão escondida do lago que correm pouco perigo de serem descobertos. Eles pareciam saber disso."

"Você os reconheceria novamente?"

"Perfeitamente. Um era de tamanho médio, vigoroso e rápido de movimento, com barba pesada. O outro era menor, mas estocado e forte. Ontem, como antes, deixei a floresta por volta das cinco horas e voltei correndo para Toledo. Lá encontrei um telegrama do Sr. Ward, avisando-me da sua vinda; e o esperei na estação."

Resumindo, então, a notícia foi a seguinte: Durante quarenta horas um submarino, presumivelmente o que procurávamos, havia sido escondido em Black Rock Creek, empenhado em reparos. Provavelmente estes eram absolutamente necessários, e poderíamos encontrar o barco ainda lá. Sobre como o Terror chegou ao Lago Erie, Arthur Wells e eu discutimos isso, e concordamos que era um lugar muito provável para ele. A última vez que ele fora visto foi no Lago Superior. De lá para o Lago Erie a máquina poderia ter vindo pelas estradas de Michigan, mas como ninguém havia observado sua passagem e como tanto a polícia quanto o povo estavam especialmente despertados e ativos naquela porção do país, parecia mais provável que o Terror tivesse vindo pela água. Havia uma rota clara através da corrente dos Grandes Lagos e seus rios, pela qual, em seu caráter de submarino, ele poderia facilmente prosseguir sem ser descoberto.

E agora, se o Terror já tivesse deixado a enseada, ou se ele escapasse quando tentássemos capturá-lo, em que direção ele iria virar? Em todo caso, havia poucas chances de segui-lo. Havia dois torpedeiros no porto de Buffalo, na outra extremidade do Lago Erie. Por um tratado entre os Estados Unidos e o Canadá, não há navios de guerra nos Grandes Lagos. No entanto, havia pequenos navios pertencentes ao serviço aduaneiro. Antes de eu sair de Washington, o Sr. Ward me informou da presença deles; e um telegrama aos seus comandantes os iniciaria, se necessário, na perseguição ao Terror. Mas apesar de sua esplêndida velocidade, como eles poderiam competir com o submarino? E se o Terror mergulhasse sob as águas, os navios ficariam indefesos. Além disso, Arthur Wells concluiu que, em caso de batalha, a vantagem não estaria com os navios, apesar de suas grandes tripulações e muitas armas. Portanto, se não tivéssemos sucesso nesta noite, a campanha terminaria em fracasso.

Arthur Wells conhecia bem a região de Black Rock Creek, tendo caçado lá mais de uma vez. Era bordejada na maioria dos lugares com rochas afiadas contra as quais as águas do lago batiam fortemente. Seu canal tinha cerca de trinta metros de profundidade, situação favorável para que o Terror pudesse se abrigar sobre a superfície ou debaixo d'água. Em dois ou três lugares os bancos íngremes davam lugar a praias de areia que levavam a pequenas gargantas que chegavam até o bosque, a uns cem ou trezentos metros.

Eram sete horas da noite quando nossa carruagem chegou a estes bosques. Ainda havia luz do dia suficiente para que pudéssemos ver facilmente, mesmo à sombra das árvores. Ter atravessado abertamente até a beira da enseada nos teria exposto à vista dos homens do Terror, se ele ainda estivesse no mesmo lugar, e assim lhes daria um aviso para escapar.

"É melhor pararmos aqui?" perguntei a Wells, enquanto nossa plataforma se desenhava até a beira do bosque.

"Não, Sr. Strock," disse ele. "É melhor deixarmos a carruagem no fundo da mata, onde não haverá nenhuma chance de sermos vistos."

"A carruagem pode passar debaixo destas árvores?"

"Pode," declarou Wells. "Eu já explorei bem estes bosques. A quinhentos ou seiscentos metros daqui, há uma pequena clareira, onde estaremos completamente escondidos, e onde nossos cavalos poderão encontrar pasto. Então, assim que escurecer, desceremos para a praia, na beira das pedras que se fecham na boca do igarapé. Assim, se o Terror ainda estiver lá, nós o emboscaremos."

Ansiosos como todos nós estávamos pela ação, era evidentemente melhor fazer como Wells sugeriu e esperar pela noite. O tempo de intervenção poderia muito bem ser ocupado, como ele disse. Conduzindo os cavalos pelo freio, enquanto eles arrastavam a carruagem vazia, nós prosseguimos através da mata pesada. Os pinheiros altos, os carvalhos, os ciprestes espalhados aqui e ali, tornavam a noite mais escura. Sob os nossos pés estendia-se um tapete de ervas dispersas, pinhas e folhas mortas. Tal era a espessura da folhagem superior que os últimos raios do sol poente não conseguiam mais penetrar aqui. Tivemos que sentir o nosso caminho; e não foi sem alguns golpes que a carruagem chegou à clareira dez minutos depois.

Esta clareira, cercada por grandes árvores, formava uma espécie de oval, coberta de capim rico. Aqui ainda era dia, e a escuridão dificilmente se aprofundaria por mais de uma hora. Assim, houve tempo para organizar um acampamento e descansar um pouco depois da nossa dura viagem pelas estradas acidentadas e rochosas.

É claro que estávamos intensamente ansiosos para nos aproximarmos da enseada e ver se o Terror ainda estava lá. Mas a prudência nos restringiu. Um pouco de paciência e o anoitecer nos permitiria alcançar uma posição de comando insuspeita. Wells insistiu fortemente nisso; e apesar da minha ânsia, senti que ele estava certo.

Os cavalos estavam ilesos, e saíram para pastar sob os cuidados do cocheiro que nos havia conduzido. As provisões foram desembaladas, e John Hart e Nab Walker espalharam uma refeição na grama ao pé de um soberbo cipreste que me lembrou os odores da floresta de Morganton e Pleasant Garden. Tínhamos fome e sede; e comida e bebida não nos faltaram. Então nossas lanternas foram acesas para acalmar os momentos de ansiedade de espera que restavam.

O silêncio reinava dentro da floresta. O último canto dos pássaros havia cessado. Com a chegada da noite, a brisa caiu aos poucos, e as folhas quase não tremiam mais, mesmo no topo dos galhos mais altos. O céu escureceu rapidamente após o pôr do sol e o crepúsculo se aprofundou na obscuridade.

Eu olhei para o meu relógio, era oito e meia. "Chegou a hora, Wells."

"Quando quiser, Sr. Strock."

"Então vamos começar."

Advertimos ao cocheiro para não deixar os cavalos se desviarem para além da clareira. Então nós começamos. Wells foi na frente, eu o segui, e John Hart e Nab Walker vieram logo atrás. Na escuridão, nós três teríamos ficado desamparados sem a orientação de Wells. Logo chegamos à fronteira mais distante da mata; e diante de nós estendiam-se as margens do Black Rock Creek.

Tudo estava silencioso; tudo parecia deserto. Poderíamos avançar sem risco. Se o Terror estivesse lá, ele poderia ter lançado âncora atrás das rochas. Mas ele estava lá? Essa era a pergunta importante! Quando nos aproximamos do desenlace deste emocionante caso, meu coração estava na minha garganta.

Wells fez sinal para que avançássemos. A areia da praia rangeu sob nossos passos. Os sessenta metros entre nós e a foz do lago foram cruzados suavemente, e alguns minutos foram suficientes para nos levar até as rochas da beira do lago.

Não havia nada! Nada!

O local onde Wells havia deixado o Terror vinte e quatro horas antes estava vazio. O "Mestre do Mundo" não estava mais em Black Rock Creek.

CAPÍTULO 12. BLACK ROCK CREEK

A natureza humana é propensa a ilusões. É claro que sempre houve a probabilidade de que o Terror tivesse abandonado a localidade, mesmo admitindo que fora ele que Wells tinha visto no dia anterior. Se alguns danos ao seu triplo sistema de locomoção o impediram de recuperar por terra ou por água o seu esconderijo habitual, e o obrigaram a refugiar-se em Black Rock Creek, o que deveríamos concluir agora ao não o encontrar mais aqui? Obviamente que, tendo terminado seus consertos, ele tinha continuado seu caminho, e já estava muito além das águas do Lago Erie.

Mas como este resultado era provável desde o primeiro momento, nós o ignoramos cada vez mais à medida que nossa viagem avançava. Tínhamos chegado a aceitar como fato que deveríamos conhecer o Terror, que deveríamos encontrá-lo ancorado na base das rochas onde Wells o tinha visto.

E agora que decepção! Eu poderia até dizer, que desespero! Todos os nossos esforços foram em vão! Mesmo que o Terror ainda estivesse sobre o lago, encontrá-lo, alcançá-lo e capturá-lo, estava além do nosso poder, e poderia muito bem ser plenamente reconhecido além de todo o poder humano.

Nós ficamos ali, Wells e eu, completamente esmagados, enquanto John Hart e Nab Walker, não menos desgostosos, foram vagando ao longo das margens da enseada, procurando qualquer vestígio que tivesse sido deixado para trás.

Paralisados ali, Wells e eu trocamos apenas uma palavra. Que necessidade havia de palavras que nos permitissem entender uns aos outros! Após nosso anseio e desespero, estávamos agora exaustos. Derrotados em nossa bem planejada tentativa, nos sentimos tão pouco dispostos a abandonar nossa campanha, quanto incapazes de prossegui-la.

Passou quase uma hora. Não podíamos resolver deixar o local. Nossos olhos ainda procuravam furar a noite. Às vezes, um lampejo, devido ao brilho das águas, tremia na superfície do lago. Depois desaparecia, e com ele a esperança tola de que tinha despertado. Às vezes, novamente, pensamos ter visto uma sombra delineada contra a escuridão, mas era apenas a silhueta de um barco que se aproximava. Mais uma vez alguns redemoinhos rodopiavam a nossos pés, como se a enseada tivesse sido agitada dentro de suas profundezas. Essas imagens vãs foram dissipadas uma após a outra. Eram apenas as ilusões levantadas por nossas tensas fantasias.

Por fim, nossos companheiros se juntaram a nós. Minha primeira pergunta foi: "Nada de novo?"

"Nada," disse John Hart.

"Vocês já exploraram as duas margens da enseada?"

"Sim," respondeu Nab Walker, "até as águas rasas acima; e não vimos sequer um vestígio das coisas que o Sr. Wells viu colocadas na margem."

"Vamos esperar um pouco," eu disse, incapaz de resolver sobre um retorno ao bosque.

Naquele momento, nossa atenção foi atraída por uma súbita agitação das águas, que incharam aos pés das rochas.

"É como a ondulação de um navio," disse Wells.

"Sim," concordei, baixando instintivamente a minha voz. "O que causou isso? O vento se extinguiu completamente. Vem de alguma coisa na superfície do lago?"

"Ou a partir de algo por baixo," disse Wells, dobrando-se para frente, o melhor a determinar.

O alvoroço certamente parecia ter sido causado por algum barco, seja de baixo d'água, seja se aproximando da enseada por fora.

Silenciosos, imóveis, cansamos os olhos e ouvidos para furar a profunda obscuridade. O fraco barulho das ondas do lago que se desbordava na margem além da enseada, chegou até nós de forma distinta durante a noite. John Hart e Nab Walker se afastaram um pouco em um cume de rochas mais alto. Quanto a mim, eu me inclinei perto da água para ver a agitação. Não diminuiu. Pelo contrário, tornou-se momentaneamente mais evidente, e comecei a distinguir uma espécie de pulsação regular, como aquela produzida por um parafuso em movimento.

"Não há dúvida," declarou Wells, inclinado perto de mim, "há um barco vindo em nossa direção."

"Certamente há," respondi, "a menos que tenham baleias ou tubarões no Lago Erie."

"Não, é um barco," repetiu Wells. "Ele está indo em direção à boca da enseada, ou ele está subindo mais?"

"Foi aqui que você viu o barco duas vezes antes?"

"Sim, aqui."

"Então se este for o mesmo - e não pode ser outro - ele provavelmente voltará ao mesmo lugar."

"Ali!" sussurrou Wells, estendendo sua mão em direção à entrada da enseada.

Nossos companheiros se juntaram a nós, e todos os quatro, agachados sobre a margem, espreitamos na direção que ele apontava.

Distinguimos vagamente uma massa negra movendo-se na escuridão. Avançava muito lentamente e ainda estava fora da enseada, sobre o lago, talvez a extensão de um cabo a nordeste. Mal podíamos ouvir o fraco pulsar de seus motores. Talvez eles tivessem parado e o barco estivesse apenas deslizando para frente sob seu impulso anterior.

Parecia, então, que este era de fato o submarino que Wells tinha observado, e estava voltando para passar esta noite, como na última, dentro do abrigo da enseada.

Por que saiu do ancoradouro e retornou? Teria sofrido algum novo desastre, que mais uma vez prejudicou seu poder? Ou será que antes foi obrigado a sair, com seus reparos ainda inacabados? Qual a causa que o obrigava a voltar aqui? Haveria alguma razão imperiosa para que não pudesse mais ser transformado em um automóvel, e rodar pelas estradas de Ohio?

A todas essas perguntas que me apinhavam, eu não podia dar nenhuma resposta. Além disso, tanto Wells quanto eu, continuamos raciocinando sob o pressuposto de que este era realmente o Terror comandado pelo "Mestre do Mundo", que datou dele sua carta de desafio ao governo. Mas essa premissa ainda não estava comprovada, por mais confiante que nos sentíssemos sobre ela.

Qualquer que fosse o barco que navegava tão suavemente durante a noite, ele continuava a se aproximar de nós. Certamente seu capitão deveria conhecer perfeitamente os canais e as margens de Black Rock Creek, já que ele se aventurava aqui em tal escuridão. Nem uma luz foi mostrada no convés. Nem um único raio de dentro da cabine vislumbrou através de qualquer fenda.

Um momento depois, ouvimos algumas máquinas se movendo muito suavemente. A ondulação dos redemoinhos ficou mais forte, e em poucos momentos o barco tocou o desembarcadouro.

Esta palavra "desembarcadouro", usada apenas naquela região, descrevia exatamente o local. As rochas a nossos pés formavam um nível, cinco ou seis pés acima da água, e desciam até a margem perpendicularmente, exatamente como um cais de pouso.

"Não devemos ficar parados aqui," sussurrou Wells, agarrando-me pelo braço.

"Não," eu respondi, "eles podem nos ver. Devemos ficar de cócoras sobre a praia! Ou podemos nos esconder em alguma fenda das rochas."

"Nós vamos segui-los."

Não havia um momento a perder. A massa escura estava agora perto, e em seu convés, levemente elevado acima da superfície da água, pudemos traçar as silhuetas de dois homens.

Havia, então, realmente apenas dois a bordo?

Nos apressamos suavemente de volta para onde as ravinas se erguiam em direção ao bosque acima. Vários nichos nas rochas estavam à mão. Wells e eu nos agachamos em um, meus dois assistentes em outro. Se os homens do Terror desembarcassem, eles não poderiam nos ver; mas nós poderíamos vê-los, e poderíamos agir como uma oportunidade oferecida.

Houve alguns leves ruídos no barco, algumas palavras trocadas em nossa própria língua. Era evidente que o submarino estava se preparando para ancorar. Então, quase instantaneamente, uma corda foi jogada para fora, exatamente no ponto do cais onde tínhamos estado anteriormente.

Inclinando-se para frente, Wells pôde perceber que a corda foi apreendida por um dos marinheiros, que havia saltado para terra. Depois ouvimos um raspão de ferro de raspagem ao longo do chão.

Alguns momentos depois, degraus surgiram sobre a areia. Dois homens subiram a ravina e seguiram em direção à borda da mata, guiando seus passos por uma lanterna de navio.

Para onde eles estavam indo? Black Rock Creek era um esconderijo regular do Terror? O comandante dele tinha um depósito aqui de provisões? Será que eles vieram aqui para reabastecer a sua embarcação, quando o capricho da sua viagem selvagem os trouxe para esta parte do continente? Será que eles conheciam tão bem esse lugar deserto e desabitado, que não tinham medo de serem descobertos aqui?

"O que devemos fazer?" sussurrou Wells.

"Esperar até eles voltarem, e depois..." Minhas palavras foram encurtadas por uma surpresa. Os homens não estavam a trinta metros de nós, quando, um deles, girando-se de repente, colocou a luz de sua lanterna sobre seu rosto.

Ele era um dos dois homens que tinham ficado observando em frente à minha casa em Long Street! Eu não poderia estar enganado! Eu o reconheci tão positivamente quanto a minha empregada havia feito. Era ele; era certamente um dos espiões dos quais eu nunca tinha conseguido encontrar mais vestígios! Não havia mais dúvidas, minha carta de advertência tinha vindo deles. Era, portanto, do "Mestre do Mundo"; tinha sido escrita a partir do Terror e este era o Terror. Mais uma vez me perguntei qual poderia ser a conexão entre esta máquina e o Great Eyrie!

Em palavras sussurradas, eu contei a Wells a minha descoberta. Seu único comentário foi: "Tudo isso é incompreensível!"

Enquanto isso, os dois homens continuavam a caminho do bosque e recolheram paus sob as árvores. "E se eles descobrem o nosso acampamento?" murmurou Wells.

"Sem perigo, se não forem além das árvores mais próximas."

"Mas se eles descobrirem?"

"Eles voltarão apressados para o barco, e nós poderemos cortar a retirada deles."

Em direção à enseada, onde estava a embarcação, não havia mais som. Saí do meu esconderijo; desci a ravina até o desembarcadouro. Eu estava no mesmo lugar onde a corda que segurava o submarino estava presa entre as rochas.

O Terror estava ali, quieto no final de seu cabo. Não havia uma luz a bordo; nem uma pessoa visível, nem no convés, nem no banco. Não seria esta a minha oportunidade? Eu deveria saltar a bordo e aguardar o retorno dos dois homens?

"Sr. Strock!" disse Wells, que me chamou suavemente de perto.

Voltei com toda pressa e me agachei ao seu lado. Era tarde demais para tomar posse do submarino? Ou será que a tentativa talvez resultaria em desastre pela presença de outros assistindo a bordo?

De qualquer forma, os dois homens com a lanterna estavam perto, retornando pela ravina. Simplesmente eles não suspeitavam de nada. Cada um carregando um feixe de madeira, eles se adiantaram e pararam no cais.

Então um deles levantou a voz, embora não em tom muito alto: "Salve, capitão!"

"Tudo bem," respondeu uma voz do barco.

Wells murmurou no meu ouvido: "São três!"

"Talvez quatro," eu respondi, "talvez cinco ou seis!"

A situação ficou mais complicada. Contra uma tripulação tão

numerosa, o que poderíamos fazer? A menor imprudência poderia nos custar caro! Agora que os dois homens haviam voltado, será que eles embarcariam novamente? Então o submarino deixaria a enseada, ou permaneceria ancorado até o dia amanhecer? Se ele se retirasse, não seria perdido para nós? Eles poderiam deixar as águas do Lago Erie e atravessar qualquer um dos estados vizinhos por terra; ou poderiam refazer sua estrada pelo Rio Detroit que os levaria ao Lago Huron e aos Grandes Lagos acima. Uma oportunidade como esta, nas águas estreitas de Black Rock Creek, ocorreria de novo?

"Pelo menos," eu disse a Wells, "nós somos quatro. Eles não esperam ataques; eles ficarão surpresos. O resultado está nas mãos da Providência."

Eu estava prestes a chamar nossos dois homens, quando Wells novamente agarrou meu braço. "Escute!" disse ele.

Um dos homens chamou o barco, e ele se aproximou das rochas. Ouvimos o capitão dizer aos dois homens em terra: "Está tudo bem lá em cima?"

"Tudo, capitão."

"Ainda há dois fardos de madeira lá?"

"Dois."

"Então mais uma viagem os trará a bordo do Terror."

O Terror!

"Sim; só mais uma viagem," respondeu um dos homens.

"Ótimo; então recomeçaremos ao amanhecer."

Havia então apenas três deles a bordo? O capitão, este Mestre do Mundo, e estes dois homens...

Evidentemente, eles planejavam levar a bordo a última parte de sua madeira recolhida. Então eles se retirariam para dentro da máquina e iriam dormir. Não seria esse o momento de surpreendê-los, antes que eles pudessem se defender?

Ao invés de tentar alcançar e capturar o submarino diante desse resoluto capitão que o guardava, Wells e eu concordamos que era melhor deixar os seus homens voltarem sem serem atacados, e esperar até que todos estivessem dormindo.

Eram agora dez e meia. Os passos foram ouvidos mais uma vez na costa. O homem com uma lanterna e seu companheiro, novamente subiram o barranco em direção ao bosque. Quando eles estavam distantes, Wells foi avisar os nossos homens, enquanto eu me apressei novamente até a beira da água.

O Terror estava no final de um curto cabo. Como eu pude verificar, ele era longo e magro, em forma de fuso, sem chaminé, sem mastros, sem cordame, tal forma como havia sido descrita quando ele fora visto na costa da Nova Inglaterra.

Voltei ao meu lugar, com meus homens no abrigo da ravina; e olhamos para nossos revólveres, o que poderia muito bem apoiar o serviço.

Passaram-se cinco minutos desde que os homens foram à floresta, e esperávamos seu retorno a qualquer momento. Depois disso, deveríamos esperar pelo menos uma hora antes de fazer nosso ataque; para que tanto o capitão quanto seus companheiros pudessem estar profundamente adormecidos. Era importante que eles não tivessem um momento para lançar sua embarcação sobre as águas do Lago Erie, ou para mergulhá-la sob as ondas onde estaríamos presos com ela.

Em toda a minha carreira nunca senti tanta impaciência. Pareceu-me que os dois homens haviam ficado detidos na floresta. Algo havia impedido o seu retorno.

De repente ouvimos um barulho alto - o tumulto de cavalos galopando furiosamente ao longo da costa!

Eram os nossos cavalos, que, assustados, e talvez negligenciados pelo cocheiro, tinham se afastado da clareira, e agora vinham correndo ao longo do banco.

No mesmo momento, os dois homens reapareceram, e desta vez estavam correndo com toda velocidade. Sem dúvida, eles tinham descoberto nosso acampamento e suspeitavam imediatamente que havia policiais escondidos na floresta. Perceberam que eram vigiados, que eram seguidos, que seriam apreendidos. Então eles voltariam imprudentemente pela ravina, e depois de soltar o cabo, sem dúvida se esforçariam para pular a bordo. O Terror desapareceria com a velocidade de um meteoro, e nossa tentativa seria totalmente derrotada!

"Avante!" eu exclamei. E nós descemos os lados do barranco para cortar a retirada dos dois homens.

Eles nos viram e, no instante, jogaram seus fardos, dispararam contra nós com revólveres, atingindo John Hart na perna.

Nós atiramos na nossa vez, mas com menos sucesso. Os homens

não caíram nem vacilaram em seu curso. Chegando à borda da enseada, sem parar para soltar o cabo, eles mergulharam na água, e em um momento se agarravam ao convés do Terror.

Seu capitão, saltando para a frente com o revólver na mão, atirou. A bala passou raspando em Wells.

Nab Walker e eu, agarrando o cabo, puxamos a massa preta do barco em direção à costa. Eles poderiam cortar a corda a tempo de escapar?

De repente, a corda foi arrancada violentamente das rochas. Um de seus ganchos ficou preso no meu cinto, enquanto Walker foi derrubado pelo cabo voador. Eu fui enredado pela corda e arrastado para a frente...

O Terror, impulsionado por toda a potência de seus motores, deu um único salto e disparou por Black Rock Creek.

CAPÍTULO 13. A BORDO DO TERROR

Quando voltei a mim já era dia. Uma meia luz penetrava na escotilha de vidro grosso da cabine estreita onde alguém havia me colocado — há quantas horas, eu não saberia dizer! No entanto, parecia-me, pelos raios oblíquos, que o sol não podia estar muito acima do horizonte.

Eu estava descansando em um beliche estreito com cobertas sobre mim. Minhas roupas, penduradas em um canto, haviam sido secas. Meu cinto, rasgado ao meio pelo gancho do ferro, ficou no chão.

Eu não senti nenhuma ferida ou lesão, apenas um pouco de fraqueza. Se eu tivesse perdido a consciência, eu tinha certeza de que não tinha sido de um golpe. Minha cabeça deve ter sido puxada para baixo da água, quando eu estava emaranhado no cabo. Eu poderia ter sido sufocado, se alguém não tivesse me arrastado para fora do lago.

Agora, eu estava a bordo do Terror? E eu estava sozinho com o capitão e seus dois homens? Isso parecia provável - quase certo. Toda a cena do nosso encontro subiu diante dos meus olhos: Hart deitado ferido na margem, Wells disparando tiro após tiro, Walker mergulhando ao chão no instante em que o gancho agarrou meu cinto! E os meus companheiros? Do lado deles, eles não deveriam pensar que eu pereci nas águas do Lago Erie?

Onde estava o Terror agora, e para onde ele estava navegando? Estava se movendo como um automóvel? Acelerando através das estradas de algum estado vizinho? Se assim fosse, e se eu estivesse inconsciente por muitas horas, a máquina com seus tremendos poderes já deveria estar longe. Ou, por outro lado, estávamos, como um submarino, seguindo algum curso abaixo do lago?

Não, o Terror estava se movendo sobre uma ampla superfície líquida. A luz do sol, penetrando na minha cabine, mostrou que a janela não estava submersa. Por outro lado, não senti nenhum dos solavancos que o automóvel deveria sofrer mesmo na rodovia mais suave. Daí o motivo do Terror não estar viajando sobre terra.

Quanto a decidir se ele ainda estava atravessando o Lago Erie, esta era outra questão. Será que o capitão não tinha atravessado o Rio Detroit e entrado no Lago Huron, ou mesmo no Lago Superior além? Era difícil dizer.

De qualquer forma, eu decidi subir ao convés. A partir daí, talvez eu pudesse julgar. Arrastando-me um pouco pesado do beliche, peguei minhas roupas e me vesti, embora sem muita energia. Eu provavelmente não estava trancado dentro desta cabine?

A única saída parecia por uma escada e uma escotilha acima da minha cabeça. A escotilha subiu prontamente para a minha mão, e eu subi até a metade do convés.

Meu primeiro cuidado foi olhar para frente, para trás, e para os dois lados do Terror em alta velocidade. Por toda parte encontrei uma imensidão de ondas! Não havia uma costa à vista! Nada mais que o horizonte formado pelo mar e pelo céu!

Quer fosse um lago ou o oceano, eu poderia facilmente identificar, pois estávamos navegando a tal velocidade, que a água cortada pela proa, passava furiosamente ao meu lado e seu jato me atacava ferozmente.

Eu provei. Era água doce, e muito provavelmente a do Lago Erie. O sol estava apenas a meio caminho do zênite, por isso mal podia ter se passado mais do que sete ou oito horas desde o momento em que o Terror tinha se atrevido a partir de Black Rock Creek.

Esta deveria ser, portanto, a manhã seguinte, a do dia 31 de julho.

Considerando que o Lago Erie tem trezentos e cinquenta quilômetros de comprimento, e mais de oitenta de largura, não havia motivo para surpresa de que eu não pudesse ver nenhuma terra, nem a dos Estados Unidos a sudeste, nem a do Canadá a noroeste.

Neste momento havia dois homens no convés, um na proa à espreita, o outro na popa, mantendo o rumo para nordeste, como eu julgava pela posição do sol. Aquele na proa era o mesmo que eu tinha reconhecido quando ele subiu a ravina em Black Rock. O segundo era o seu companheiro que tinha carregado a lanterna. Procurei em vão aquele a quem chamavam de "capitão". Ele não estava à vista.

Imagina-se prontamente quão ansioso era meu desejo de estar na presença do criador dessas máquinas prodigiosas - desse personagem fantástico que ocupava e preocupava a atenção de todo o mundo - o ousado inventor que não temia se engajar na batalha contra toda a raça humana, e que se proclamava "Mestre do Mundo".

Aproximei-me do homem à espreita e, após um minuto de silêncio, perguntei-lhe: "Onde está o seu capitão?"

Ele olhou para mim com os olhos meio fechados. Ele parecia não me entender. Mas eu sabia, tendo-o ouvido na noite anterior, que ele falava inglês. Além disso, notei que ele não parecia surpreso ao me ver fora do meu camarote. Voltando as costas para mim, ele continuou a observar o horizonte.

Dei um passo em direção à popa, determinado a fazer a mesma pergunta sobre o capitão ao outro homem. Mas quando me aproximei do timoneiro, ele me acenou com a mão e não obtive outra resposta.

Só me restava estudar esta embarcação - da qual fomos repelidos com tiros de revólver na noite anterior, quando nos agarramos à sua corda de ancoragem.

Portanto, comecei a trabalhar vagarosamente para examinar a construção dessa máquina, que estava me levando - para onde? O convés e os trabalhos superiores eram todos feitos de algum metal que não reconheci. No centro do convés, uma escotilha meio levantada cobria a sala onde os motores funcionavam regularmente e quase silenciosamente. Como eu tinha visto antes, nem mastros, nem cordames! Nem mesmo um mastro na popa! Em direção à proa erguia-se o topo de um periscópio pelo qual o Terror poderia ser guiado quando estivesse debaixo d'água.

Nas laterais foram dobrados para trás dois tipos de saliências parecidas com os passadiços de certos barcos holandeses. Destes eu não conseguia entender o uso.

Na proa subia uma terceira escotilha que presumivelmente cobria os aposentos ocupados pelos dois homens quando o Terror estava em repouso.

Na popa uma escotilha semelhante dava acesso provavelmente à cabine do capitão, que permanecia invisível. Quando essas diferentes escotilhas eram fechadas, elas tinham uma espécie de cobertura de borracha que as vedava hermeticamente, para que a água não chegasse ao interior quando o barco mergulhava sob o oceano.

Quanto ao motor, que dava uma velocidade tão prodigiosa à máquina, não pude ver nada dele, nem da hélice. No entanto, o veloz barco deixava para trás apenas uma longa e suave esteira. A extrema finura das linhas da embarcação, fazia com que ela quase não fizesse ondas, e permitia que ela cavalgasse levemente sobre a crista das ondas, mesmo em mar agitado.

Como já se sabia, a potência pela qual a máquina era acionada, não era nem vapor nem gasolina, nem nenhum desses líquidos similares tão bem conhecidos pelo seu odor, que normalmente são empregados para automóveis e submarinos. Sem dúvida a energia aqui utilizada era a eletricidade, gerada a bordo, com alguma potência elevada. Naturalmente eu me perguntei de onde vinha essa eletricidade: de pilhas ou de baterias? Mas como essas pilhas ou baterias eram carregadas? A menos que, de fato, a eletricidade fosse retirada diretamente do ar ao redor ou da água, por processos até então desconhecidos. E eu me perguntei com intenso anseio se na situação atual, eu poderia descobrir esses segredos.

Depois pensei nos meus companheiros, deixados para trás na margem de Black Rock Creek. Um deles, eu sabia, estava ferido; talvez os outros também estivessem. Tendo me visto arrastado para a água, será que eles poderiam supor que eu tinha sido resgatado pelo Terror? Claro que não! Sem dúvida, a notícia da minha morte já havia sido telegrafada ao Sr. Ward de Toledo. E agora, quem ousaria empreender uma nova campanha contra esse "Mestre do Mundo"?

Estes pensamentos ocuparam minha mente enquanto esperava o aparecimento do capitão no convés. Ele não apareceu.

Logo comecei a sentir muita fome, pois agora deveria estar jejuando por quase vinte e quatro horas. Eu não tinha comido nada desde a nossa refeição apressada na floresta, mesmo que tivesse sido na noite anterior. E a julgar pelas dores que agora me assaltaram o estômago, comecei a me perguntar se eu não tinha sido arrebatado a bordo do Terror dois dias antes - ou ainda mais.

Felizmente, a questão se eles pretendiam me alimentar, e como eles pretendiam me alimentar, foi resolvida de uma vez. O homem na proa deixou seu posto, desceu e reapareceu. Então, sem dizer uma palavra, ele colocou um pouco de comida na minha frente e voltou para o seu lugar. Um pouco de carne enlatada, peixe seco, biscoito e uma caneca de cerveja tão forte que tive que misturar com água, tal foi a refeição a que fiz plena justiça. Sem dúvida, meus companheiros de viagem haviam comido antes de eu sair da cabine, pois não se juntaram a mim.

Não havia mais nada para atrair meus olhos, e mergulhei novamente em pensamentos. Como terminaria essa aventura? Será que eu veria esse capitão invisível por fim e ele me devolveria à liberdade? Eu poderia recuperá-la, apesar dele? Isso dependeria das circunstâncias! Mas se o Terror se mantivesse tão longe da costa, ou se viajasse debaixo d'água, como eu poderia escapar dele? A menos que atracássemos e a máquina se tornasse um automóvel, eu não deveria abandonar toda esperança de fuga?

Além disso - por que eu não devo admitir? Escapar sem ter aprendido nada dos segredos do Terror não teria me contentado em nada. Embora eu não pudesse até agora me lisonjear com o sucesso da minha campanha, e apesar de ter chegado a um ponto em que quase perdi minha vida, e apesar de o futuro prometer muito mais mal do que bem, afinal, um passo à frente havia sido alcançado. Com certeza, se eu jamais fosse capaz de reentrar na comunicação com o mundo, se, como este "Mestre do Mundo" que se colocou voluntariamente fora da lei, eu agora estava colocado fora da humanidade, então o fato de ter alcançado o Terror teria pouco valor.

A embarcação seguiu em direção ao nordeste, seguindo o eixo mais longo do Lago Erie. Ela estava avançando apenas na metade da velocidade; pois, se estivesse operando em uma maior, poderia ter chegado algumas horas antes ao extremo nordeste do lago.

Neste sentido, o Lago Erie não tem outra saída que o Rio Niágara, pela qual se esvazia no Lago Ontário. Agora, este rio é barrado pela famosa catarata a cerca de vinte e quatro quilômetros além da importante cidade de Buffalo. Como o Terror não tinha recuado pelo Rio Detroit, para baixo do qual ele tinha descido dos Lagos Superiores, como poderia ele escapar dessas águas, a menos que ele atravessasse por terra?

O sol passou o meridiano. O dia estava lindo; quente, mas não desagradável, graças à brisa feita pela nossa passagem. As margens do lago continuaram invisíveis tanto no lado canadense quanto no americano.

O capitão estava determinado a não se mostrar? Ele tinha algum motivo para permanecer desconhecido? Tal precaução indicaria que ele pretendia me colocar em liberdade à noite, quando o

Terror poderia se aproximar da costa sem ser visto.

Por volta das duas horas, no entanto, ouvi um leve barulho; a escotilha central foi levantada. O homem que eu esperava tão impacientemente apareceu no convés.

Devo admitir que ele não prestou mais atenção em mim do que seus homens haviam feito. Indo para a popa, ele tomou o leme. O homem que ele havia substituído, após algumas palavras em tom baixo, deixou o convés, descendo pela escotilha de proa. O capitão, depois de sondar o horizonte, consultou a bússola e alterou ligeiramente nosso rumo. A velocidade do Terror aumentou.

Este homem, tão interessante para mim quanto para o mundo, deveria ter mais de cinquenta anos. Ele era de altura média, com ombros poderosos ainda muito eretos; cabeça forte, com cabelos grossos, mais grisalhos que brancos, bochechas raspadas e barba curta e frisada. Seu peito era largo, sua mandíbula proeminente, e ele tinha aquele sinal característico de uma tremenda energia, sobrancelhas arbustivas desenhadas em conjunto. Com certeza ele possuía uma constituição de ferro, saúde esplêndida e sangue vermelho quente sob a pele queimada pelo sol.

Como seus companheiros, o capitão estava vestido com roupas de mar cobertas por um casaco de pele, e com um chapéu de lã que podia ser puxado para baixo para cobrir completamente a cabeça, quando ele assim o desejasse.

Preciso acrescentar que o capitão do Terror era o outro dos dois homens que tinha vigiado minha casa na Long Street. Além disso, se eu o reconheci, ele também deve me reconhecer como Inspetor-Chefe Strock, a quem havia sido designada a tarefa de penetrar no Great Eyrie.

Eu olhei para ele com curiosidade. De sua parte, embora não tenha procurado fugir dos meus olhos, mostrou pelo menos uma singular indiferença pelo fato de ter um estranho a bordo.

Enquanto o observava, veio-me a ideia, uma sugestão que eu não tinha ligado à primeira visão dele em Washington, de que eu já tinha visto essa figura característica. Estaria seu retrato em um dos murais do Departamento de Polícia, ou foi apenas uma foto em alguma vitrine que vi? Mas a lembrança era muito vaga. Talvez eu tenha apenas imaginado.

Bem, embora seus companheiros não tivessem tido a delicadeza de me responder, talvez ele fosse mais cortês. Nós falávamos a mesma língua, embora eu não pudesse me sentir muito positivo por ele ser de nascimento americano. Ele poderia, de fato, ter decidido fingir não me entender, de modo a evitar toda discussão enquanto me mantinha prisioneiro.

Nesse caso, o que ele queria fazer comigo? Ele pretendia se desfazer de mim sem mais cerimônias? Ele só estava esperando a noite para me atirar borda fora? Será que mesmo o pouco que eu conhecia dele, fazia de mim um perigo do qual ele deveria se livrar? Mas nesse caso, teria sido melhor que ele tivesse me deixado no final da sua linha de ancoragem. Isso teria poupado a ele a necessidade de me afogar novamente.

Virei, caminhei para a popa, parei diante dele. Então, detidamente, ele me fixou um olhar que ardeu como uma chama.

"Você é o capitão?" eu perguntei.

Ele ficou em silêncio.

"Este barco é realmente o Terror?"

A esta pergunta também não houve resposta. Então eu o alcancei; eu teria agarrado o braço dele.

Ele me repeliu sem violência, mas com um movimento que sugeria um tremendo poder contido.

Plantando-me novamente diante dele, eu exigi em tom mais alto: "O que você quer fazer comigo?"

As palavras pareciam quase prontas para estourar de seus lábios, que ele comprimia com irritação visível. Como se para verificar seu discurso ele virou a cabeça para o lado. Sua mão tocou um regulador de algum tipo, e a máquina rapidamente aumentou sua velocidade.

A raiva quase me dominou. Eu queria gritar: "Que assim seja! Guarde seu silêncio! Eu sei quem você é, assim como conheço sua máquina, reconhecida em Madison, em Boston, no Lago Kirdall. Sim; são vocês, que correram tão imprudentemente sobre nossas estradas, nossos mares e nossos lagos! Seu barco é o Terror e você é o comandante que escreveu a carta para o governo. É você quem imagina que pode lutar contra o mundo inteiro. Você, que se diz o 'Mestre do Mundo'!"

E como ele poderia ter negado! Eu vi naquele momento as famosas iniciais gravadas no leme!

Felizmente eu me contive; e desesperado por obter qualquer resposta às minhas perguntas, voltei para o meu assento perto da gaiuta da minha cabine.

Durante longas horas, observei pacientemente o horizonte, na esperança de que a terra aparecesse logo. Sim, eu fiquei esperando! Pois havia ficado reduzido a isso! Aguardando! Sem dúvida, antes do dia terminar, o Terror deveria chegar ao fim do Lago Erie, já que ele continuava seu curso com firmeza para o nordeste.

CAPÍTULO 14.
NIAGARA FALLS

As horas passaram, e a situação não mudou. O timoneiro voltou ao convés, e o capitão, descendo, observou o movimento dos motores. Mesmo quando nossa velocidade aumentou, estes motores continuaram a trabalhar sem ruído, e com notável suavidade. Nunca houve uma dessas inevitáveis quebras, com as quais na maioria dos motores os pistões às vezes perdem um golpe. Eu concluí que o Terror, em cada uma de suas transformações, deveria ser trabalhado por motores rotativos. Mas não pude me assegurar disso.

Quanto ao resto, nossa direção não mudou. Sempre nos dirigimos para o extremo nordeste do lago, e, portanto, para Buffalo.

Por que, eu me perguntava, o capitão persistia em seguir esta rota? Ele não podia pretender parar em Buffalo, no meio de uma multidão de barcos e embarcações de todo tipo. Se ele pretendia deixar o lago pela água, só havia o Rio Niágara para seguir; e suas quedas seriam intransitáveis, mesmo para uma máquina como esta. A única fuga era pelo Rio Detroit, e o Terror afastava-se constantemente para mais longe.

Então outra ideia me ocorreu. Talvez o capitão estivesse apenas esperando a noite para voltar à margem do lago. Lá, o barco, trocado por um automóvel, atravessaria rapidamente os estados vizinhos. Se eu não conseguisse escapar, durante essa passagem por terra, toda a esperança de recuperar minha liberdade iria desaparecer.

É verdade, eu poderia aprender onde esse "Mestre do Mundo" se escondia. Poderia descobrir o que ainda ninguém tinha sido capaz de descobrir, assumindo sempre que ele não iria se desfazer de mim em um momento ou outro - e o que eu esperava que fosse a sua "eliminação" é facilmente compreendido.

Eu conhecia bem o extremo nordeste do Lago Erie, tendo visitado frequentemente aquela seção do estado de Nova York que se estende para oeste de Albany até Buffalo. Três anos antes, uma missão policial me levou a explorar cuidadosamente as margens do Rio Niágara, tanto acima como abaixo da catarata e sua ponte suspensa. Eu havia visitado as duas principais ilhas entre Buffalo e a pequena cidade de Niagara Falls, havia explorado a Navy Island e também a Goat Island, que separa as quedas americanas das do lado canadense.

Assim, se uma oportunidade de fuga se apresentasse, eu não deveria me encontrar em um distrito desconhecido. Mas será que esta oportunidade ofereceria? E no fundo, será que eu a desejava, ou a aproveitaria? Que segredos ainda restavam neste caso em que a boa fortuna - ou a má fortuna - me enredavam tão de perto!

Por outro lado, não vi razão real para supor que houvesse alguma chance de eu chegar às margens do Rio Niágara. O Terror certamente não se aventuraria nesta armadilha que não tinha saída. Provavelmente ele não iria nem mesmo até a extremidade do lago.

Tais eram os pensamentos que giravam pelo meu cérebro excitado, enquanto meus olhos permaneciam fixos no horizonte vazio.

E sempre uma pergunta persistente permanecia insolúvel. Por que o capitão tinha me escrito pessoalmente aquela carta ameaçadora? Por que ele tinha me espionado em Washington? Que vínculo o prendia ao Great Eyrie? Poderia realmente haver canais subterrâneos que lhe dessem passagem ao Lago Kirdall, mas poderia ele furar a fortaleza impenetrável do Eyrie? Não! Isso estava além dele!

Por volta das quatro da tarde, contando com a velocidade do Terror e sua direção, eu sabia que deveríamos estar nos aproximando de Buffalo; e, de fato, seus contornos começaram a aparecer uns quinze quilômetros adiante. Durante nossa passagem, alguns barcos tinham sido vistos, mas tínhamos passado por eles a uma longa distância, uma distância que nosso capitão podia facilmente manter tão grande quanto quisesse. Além disso, o Terror estava tão baixo sobre a água, que mesmo a um quilômetro de distância teria sido difícil descobri-lo.

Agora, porém, as colinas que circundam o final do Lago Erie, vieram em visão, além de Buffalo, formando o tipo de funil pelo qual o Lago Erie derrama suas águas no canal do Rio Niágara. Algumas dunas se ergueram à direita, grupos de árvores se destacaram aqui e ali. Ao longe, apareceram vários vaporizadores de carga e pesca. O céu foi avistado com trilhas de fumaça, que eram varridas por uma leve brisa oriental.

O que nosso capitão estava pensando ao seguir em direção ao porto de Buffalo? A prudência não o proibia de se aventurar mais? A cada momento, eu esperava que ele desse um giro do leme e se virasse para a margem oeste do lago. Ou então, pensei, ele se prepararia para mergulhar abaixo da superfície. Mas essa persistência em manter nossa proa em direção a Buffalo era impossível de entender!

O timoneiro, cujos olhos observavam a margem nordeste, fez um sinal ao seu companheiro. Este último, saindo da proa, foi até a escotilha central, e desceu até a sala das máquinas. Quase imediatamente o capitão chegou ao convés, e juntando-se ao timoneiro, falou com ele em voz baixa.

Este último, estendendo sua mão em direção a Buffalo, apontou dois pontos negros, que se encontravam a oito ou nove quilômetros de distância a estibordo. O capitão os estudou com atenção. Depois, encolhendo os ombros, sentou-se na popa sem alterar o curso do Terror.

Um quarto de hora depois, pude ver claramente que havia duas nuvens de fumaça no ponto que eles haviam estudado tão cuidadosamente. Pouco a pouco as manchas negras abaixo delas foram ficando mais definidas. Eram dois longos e baixos vaporizadores que, vindos do porto de Buffalo, se aproximavam rapidamente.

De repente me chamou a atenção de que estes eram os dois torpedeiros dos quais o Sr. Ward havia falado, e que me haviam dito para convocar em caso de necessidade.

Estes torpedeiros eram do mais novo tipo, os navios mais velozes já construídos no país. Dirigidos por potentes motores de última geração, eles cobriam quase cinquenta quilômetros por hora. É verdade, o Terror comandava uma velocidade ainda maior, e sempre, se estivesse cercado para que a fuga fosse impossível, poderia submergir-se fora do alcance de toda perseguição. Na verdade, os destruidores teriam que ser submarinos para atacar o Terror com qualquer chance de sucesso. E não sei se, mesmo nesse caso, a competição teria sido igual.

Entretanto, pareceu-me evidente que os comandantes dos

dois navios haviam sido avisados, talvez pelo Sr. Wells que, retornando rapidamente a Toledo, poderia ter telegrafado a eles a notícia da nossa derrota. Parecia, aliás, que eles tinham visto o Terror, pois se dirigiam a toda velocidade em nossa direção. Mas nosso capitão, aparentemente sem pensar em nada, continuou seu curso em direção ao Rio Niágara.

O que fariam os torpedeiros? Presumivelmente, eles manobrariam para tentar fechar o Terror dentro do estreito final do lago onde o Niágara não lhe oferecia passagem.

Nosso capitão agora tomou o leme. Um dos homens estava na proa, o outro na sala de máquinas. A ordem seria dada para que eu descesse na cabine?

Não foi, para minha extrema satisfação. Para falar francamente, ninguém prestou atenção em mim. Era como se eu não estivesse a bordo. Observei, portanto, não sem emoções confusas, a aproximação dos torpedeiros. Em seguida, a menos de três quilômetros de distância, eles se separaram de tal forma que seguraram o Terror entre seus fogos.

Quanto ao "Mestre do Mundo", sua maneira indicava apenas o mais profundo desdém. Ele parecia certo de que esses destruidores eram impotentes contra ele. Com um toque em suas máquinas, ele poderia distanciá-los, não importava a velocidade deles! Com algumas voltas de seu motor, o Terror se desviaria para além de seus tiros de canhão! Ou, nas profundezas da água, que projéteis poderiam encontrar o submarino?

Cinco minutos depois, apenas um quilômetro e meio nos separava dos dois poderosos navios que nos perseguiam. Nosso capitão permitiu que eles se aproximassem ainda mais. Então ele pressionou um cabo. O Terror, duplicando a ação de suas hélices, saltou sobre a superfície do lago. Ela brincou com os destruidores! Ao invés de virar em fuga, ele continuou seu curso para frente. Quem sabe se ele não teria sequer a audácia de passar entre seus dois inimigos, de persuadi-los a persegui-lo, até a hora em que, ao cair da noite, fossem obrigados a abandonar a perseguição inútil!

A cidade de Buffalo estava agora em plena vista da borda do lago. Vi seus enormes prédios, suas torres de igrejas, seus elevadores de grãos. Apenas sete quilômetros adiante, o Rio Niágara se abria para o norte.

Sob estas novas condições, para que lado eu deveria pular? Quando passássemos em frente aos destruidores, ou talvez entre eles, eu não deveria me jogar nas águas? Eu era um bom nadador, e tal chance talvez nunca mais ocorreria. O capitão não poderia parar para me reconquistar. Mergulhando não poderia eu escapar facilmente, mesmo de uma bala? Certamente eu deveria ser visto por um ou outro dos perseguidores. Talvez até seus comandantes já haviam sido avisados de minha presença a bordo do Terror. Não seria enviado um barco para me resgatar?

Evidentemente, minha chance de sucesso seria ainda maior, se o Terror entrasse nas águas estreitas do Rio Niágara. Em Navy Island eu seria capaz de colocar os pés em território que eu conhecia bem. Mas supor que nosso capitão se precipitaria neste rio onde poderia ser varrido sobre a grande catarata! Isso parecia impossível! Resolvi esperar por uma aproximação maior dos torpedeiros e no último momento eu decidiria.

No entanto, minha resolução de fugir não passava de meio-termo. Eu não podia me resignar assim a perder todas as chances de seguir este mistério. Meus instintos de oficial da polícia se revoltaram. Eu só tinha que estender a mão para agarrar este homem que tinha sido proscrito! Se eu o deixasse escapar de mim! Não! Eu não me salvaria! Mas, por outro lado, que destino me aguardava, e onde eu seria levado pelo Terror, se eu permanecesse a bordo?

Eram seis horas e quinze minutos. Os torpedeiros, tremendo e tremendo sob a pressão de sua velocidade, ganharam aproximação sobre nós de forma perceptível. Estavam agora diretamente à ré, deixando entre eles uma distância muito curta. O Terror, sem aumentar sua velocidade, viu um deles se aproximar a bombordo e o outro a estibordo.

Eu não saí de meu lugar. O homem na proa estava perto de mim. Imóvel ao leme, seus olhos queimavam sob suas sobrancelhas contraídas, e o capitão aguardava. Ele queria, talvez, terminar a perseguição com uma última manobra.

De repente, uma nuvem de fumaça subiu do torpedeiro à nossa esquerda. Um projétil, escovando a superfície da água, passou em frente ao Terror, e correu além do contratorpedeiro à nossa direita.

Eu olhei em volta ansiosamente. De pé ao meu lado, o vigia parecia esperar um sinal do capitão que nem sequer virou a cabeça; e jamais esquecerei a expressão de desdém impressa em seu rosto.

Nesse momento, fui empurrado de repente para a escotilha da minha cabine. No mesmo instante, as outras escotilhas foram fechadas; o convés tornou-se estanque. Ouvi um único pulsar da maquinaria, e o mergulho foi feito, o submarino desapareceu sob as águas do lago.

Os tiros de canhão ainda se elevaram acima de nós. Seu forte eco chegou ao meu ouvido; então tudo estava em paz. Apenas uma luz fraca penetrou através da vigia em minha cabine. O submarino, sem o mínimo rolar ou arremessar, girava silenciosamente através das profundezas.

Eu tinha visto com que rapidez, e também com que facilidade a transformação do Terror tinha sido feita. Não menos fácil e rápida, talvez, seria a sua mudança para um automóvel.

E agora, o que faria esse "Mestre do Mundo"? Presumivelmente ele mudaria seu rumo, a menos que, de fato, preferisse acelerar a pousar, e lá continuaria sua rota ao longo das estradas. Ainda assim, parecia mais provável que ele voltasse para o oeste, e depois de distanciar os torpedeiros, recuperasse o Rio Detroit. Nossa submersão provavelmente só duraria o tempo suficiente para escapar do alcance dos canhões, ou até a noite proibir a perseguição.

O destino, no entanto, havia decretado um final diferente para esta emocionante perseguição. Dez minutos haviam se passado quando pareceu haver alguma confusão a bordo. Ouvi palavras rápidas trocadas na sala de máquinas. As máquinas em constante movimento se tornaram barulhentas e irregulares. Imediatamente suspeitei que algum acidente obrigaria o submarino a se acalmar.

Eu não me enganei. Em um momento, a semiobscuridade da minha cabine foi perfurada pelo sol. O Terror havia se erguido acima da água. Ouvi passos no convés, e as escotilhas foram reabertas, inclusive a minha. Eu subi a escada.

O capitão tinha retomado seu lugar no leme, enquanto os dois homens estavam ocupados lá embaixo. Eu olhei para ver se os torpedeiros ainda estavam à vista. Sim! A apenas quatrocentos metros de distância! O Terror já tinha sido visto, e os poderosos navios que faziam cumprir os mandatos do nosso governo estavam balançando em posição para dar perseguição. Mais uma vez o Terror acelerou na direção do Rio Niágara.

Devo confessar que eu não via nenhum futuro nessa manobra. Mergulhando em um beco sem saída, não mais capaz de buscar as profundezas por causa do acidente, o Terror poderia, de fato, distanciar temporariamente seus perseguidores; mas ele deveria encontrar seu caminho barrado por eles quando tentasse retornar. Será que ele pretendia aterrissar e, se assim fosse, poderia esperar ultrapassar os telegramas que avisariam todas as agências policiais de sua aproximação?

Não estávamos agora nem meio quilômetro à frente. Os torpedeiros nos perseguiram em alta velocidade, embora estando agora diretamente atrás, eles estavam em má posição para usar suas armas. Nosso capitão parecia contente em manter essa distância; embora tivesse sido fácil para ele aumentá-la, e então, ao cair da noite, esquivar-se de volta atrás do inimigo.

Já Buffalo tinha desaparecido à nossa direita, e pouco depois das sete horas a abertura do Rio Niágara apareceu à frente. Se ele entrou ali, sabendo que não poderia voltar, nosso capitão deve ter perdido a cabeça! E, na verdade, não era ele louco, esse homem que se proclamou, que acreditou em si mesmo, um mestre do mundo?

Eu o observei ali, calmo, impassível, nem mesmo virando a cabeça para notar o progresso dos torpedeiros e fiquei admirado com ele.

Esta ponta do lago estava absolutamente deserta. Os navios de carga com destino às cidades das margens do alto Niágara não são numerosos, pois sua navegação é perigosa. Nenhum estava à vista. Nem mesmo um barco de pesca cruzou o caminho do Terror. Mesmo os dois navios inimigos logo seriam obrigados a parar em sua busca, se continuássemos nossa correria louca por essas águas perigosas.

Eu disse que o Rio Niágara corre entre Nova York e o Canadá. Sua largura, de cerca de um quilometro e duzentos metros, se estreita à medida que se aproxima das quedas. Seu comprimento, do Lago Erie ao Lago Ontário, é de cerca de setenta e dois quilômetros. Flui em direção norte, até esvaziar as águas do Lago Superior, Michigan, Huron e Erie em Ontário, o último lago desta poderosa cadeia. As famosas quedas, que ocorrem em meio a este grande rio, têm uma altura de mais de cento e cinquenta metros. São chamadas às vezes de Cataratas da Ferradura, porque se curvam para dentro como uma ferradura de cavalo. Os índios lhes deram o nome de "Trovão das Águas", e na verdade um poderoso trovão ruge deles sem cessar, e com um tumulto que se ouve por vários quilômetros de distância.

Como já mencionei anteriormente, entre o Lago Erie e a pequena cidade de Niagara Falls, duas ilhas dividem a corrente do rio. Navy Island, cinco quilômetros acima da catarata, e Goat Island, que separa as cataratas americana e canadense. De fato, no ponto mais baixo desta última ilha ficava uma vez a "Terrapin Tower" - tão ousadamente construída no meio das águas mergulhadas na própria borda do abismo. Ela foi destruída, pois o desgaste constante da pedra sob a catarata fez com que o parapeito se movesse com os tempos lentamente, e a torre foi arrastada para o abismo.

A cidade de Fort Erie fica na costa canadense na entrada do rio. Duas outras cidades estão situadas ao longo das margens acima das cataratas, Schlosser na margem direita e Chippewa à esquerda, localizadas em ambos os lados da Navy Island. É nesse ponto que a corrente, presa por um canal mais estreito, começa a se mover com tremenda velocidade, para se tornar três quilômetros adiante, a célebre catarata.

O Terror já havia passado por Fort Erie. O sol no oeste tocou a borda do horizonte canadense, e a lua, vista levemente, subiu acima das brumas do sul. A escuridão não nos envolveria por mais uma hora.

Os torpedeiros, com imensas nuvens de fumaça correndo de seus funis, nos seguiram um quilômetro atrás. Eles andavam entre margens verdes com árvores de sombra e salpicadas de chalés que ficavam entre belos jardins.

Obviamente, o Terror não podia mais voltar atrás. Os inimigos o emboscaram completamente. É verdade que seus comandantes não sabiam, como eu, que um acidente com o maquinário o havia forçado à superfície, e que era impossível para ele escapar deles com outro mergulho. Mesmo assim, os torpedeiros continuaram a seguir, e certamente manteriam sua busca até o último minuto.

Maravilhei-me com a intrepidez de sua perseguição por essas águas perigosas. Maravilhei-me ainda mais com a conduta do nosso capitão. Dentro de meia hora, seu curso seria barrado pela catarata. Por mais perfeita que sua máquina fosse, ela não poderia escapar do poder das grandes quedas. Se a corrente dominasse nossos motores, inevitavelmente desapareceríamos no golfo de quase duzentos metros de profundidade que as águas cavaram na base das quedas! Talvez, no entanto, nosso capitão ainda tivesse poder para se virar para uma das margens e fugir pelas rotas dos automóveis.

Em meio a essa excitação, que ação eu deveria tomar pessoalmente? Eu deveria tentar ganhar as costas de Navy Island, se de fato avançássemos assim tanto? Se eu não aproveitasse esta oportunidade, nunca - depois do que aprendi de seus segredos - o "Mestre do Mundo" me devolveria à liberdade.

Suspeitei, no entanto, que minha fuga não era mais possível. Se eu não estivesse confinado em minha cabine, não permanecia sem vigilância. Enquanto o capitão manteve seu lugar no leme, seu assistente ao meu lado nunca tirou os olhos de mim. No primeiro movimento, eu deveria ser agarrado e trancafiado. No momento, meu destino estava evidentemente ligado ao do Terror.

A distância que nos separava dos dois torpedeiros estava agora diminuindo. Logo eles estavam a apenas algumas dezenas de metros. Poderia o motor do Terror, desde o acidente, não mais manter sua velocidade? Mas o capitão não mostrou a menor ansiedade, e não fez nenhum esforço para chegar à terra!

Podíamos ouvir o assobio do vapor que escapava das válvulas dos dois navios para misturar-se com as serpentinas de fumaça negra. Mas ouvimos, ainda mais claramente, o rugido da catarata, agora a menos de cinco quilômetros de distância.

O Terror tomou o ramo esquerdo do rio ao passar por Navy Island. Neste ponto, ele estava ao alcance da costa, mas continuou navegando em frente. Cinco minutos depois, pudemos ver as primeiras árvores de Goat Island. A correnteza se tornou cada vez mais irresistível. Se o Terror não parasse, os torpedeiros não poderiam segui-lo por muito mais tempo. Mesmo que agradasse ao nosso amaldiçoado capitão nos mergulhar no vórtice das cataratas, certamente eles não queriam seguir para o abismo!

De fato, neste momento, eles sinalizaram um ao outro e interromperam a perseguição. Eles estavam a mais de duzentos metros da catarata. Então seus trovões explodiram no ar e vários tiros de canhão varreram o Terror sem atingir seu convés.

O sol tinha se posto, e através do crepúsculo os raios da lua brilhavam sobre nós vindos do sul. A velocidade da nossa embarcação, dobrada pela velocidade da corrente, era prodigiosa! A qualquer momento poderíamos mergulhar naquele buraco negro que forma o próprio centro das Cataratas Canadenses.

Com um olhar de horror, vi as margens de Goat Island passarem, depois veio a Three Sisters Island, afogada no spray do abismo.

Eu pulei; me joguei na água na esperança desesperada de conseguir este último refúgio. Um dos homens me agarrou por trás.

De repente, um ruído agudo foi ouvido do mecanismo que pulsava dentro de nossa nave. As longas passarelas que estavam dobradas nas laterais da máquina se abriram como asas, e no momento em que o Terror chegou à beira da cachoeira, ele se ergueu no espaço, escapando da estrondosa catarata no centro de um arco-íris.

CAPÍTULO 15. O NINHO DA ÁGUIA

No dia seguinte, quando acordei após um sono profundo, nosso veículo parecia imóvel. Parecia-me evidente que não estávamos correndo em terra. No entanto, não estávamos correndo através ou sob as águas; nem ainda subindo sobre o céu. Teria o inventor recuperado aquele misterioso esconderijo dele, onde nenhum ser humano jamais havia colocado os pés?

E agora, como ele não se tinha desencarnado de minha presença, seu segredo estava prestes a ser revelado a mim?

Parecia espantoso que eu tivesse dormido tão profundamente durante a maior parte de nossa viagem pelo ar. Fiquei perplexo e perguntei se esse sono não tinha sido causado por alguma droga, misturada com minha última refeição, tendo o capitão do Terror desejado assim me impedir de conhecer o lugar onde pousamos. Tudo que me lembro da noite anterior é a terrível impressão que me causou aquele momento em que a máquina, ao invés de ser apanhada no vórtice da catarata se levantou sob o impulso de sua maquinaria como um pássaro com suas enormes asas batendo com tremenda força!

Então essa máquina realmente cumpria um uso quádruplo! Era ao mesmo tempo automóvel, barco, submarino e aeróstato. Terra, mar e ar, ela podia se mover através dos três elementos! E com que potência! Com que velocidade! Alguns instantes bastavam para completar suas maravilhosas transformações. O mesmo motor a impulsionava ao longo de todos os seus percursos! E eu tinha sido testemunha de suas metamorfoses! Mas aquilo que eu ainda ignorava, e que talvez pudesse descobrir, era a fonte da energia que impulsionava a máquina e, sobretudo, quem era o inspirado inventor que, depois de tê-la criado, em cada detalhe, a guiava com tanta habilidade e audácia!

No momento em que o Terror se ergueu sobre as Cataratas Canadenses, eu fui segurado contra a gaiuta da minha cabine. A noite clara e iluminada pelo luar havia me permitido observar a direção tomada pelo dirigível. Ele seguiu o curso do rio e passou pela Ponte Suspensa cinco quilômetros abaixo das quedas d'água. É aqui que começam as irresistíveis corredeiras do Rio Niágara, onde o rio se dobra bruscamente para descer em direção ao Lago Ontário.

Ao sair deste ponto, eu tinha certeza de que tínhamos virado em direção ao leste. O capitão continuou no leme. Eu não havia dirigido uma palavra a ele. De que adiantaria? Ele não teria respondido. Eu notei que o Terror parecia ser guiado em seu curso pelo ar com surpreendente facilidade. Com certeza as estradas do ar lhe eram tão familiares quanto as dos mares e das terras!

Na presença de tais resultados, não se poderia compreender o enorme orgulho deste homem que se autoproclamava "Mestre do Mundo"? Não estaria ele no controle de uma máquina infinitamente superior a qualquer outra que jamais brotara da mão do homem, e contra a qual os homens eram impotentes? Na verdade, por que ele deveria vender essa maravilha? Por que deveria ele aceitar os milhões que lhe foram oferecidos? Sim, compreendi agora aquela confiança absoluta em si mesmo que se expressava em todas as suas atitudes. E onde o levaria a sua ambição, se por seu próprio excesso algum dia se precipitasse na loucura!

Meia hora depois que o Terror subiu ao ar, eu afundei na completa inconsciência, sem perceber a sua aproximação. Repito, deve ter sido causado por alguma droga. Sem dúvida, nosso comandante não queria que eu conhecesse o caminho que ele iria seguir.

Por isso não posso dizer se o aviador continuou seu voo pelo espaço, ou se o marinheiro navegou na superfície de algum mar ou lago, ou se o chofer atravessou as estradas americanas. Não me lembro o que passou naquela noite de 31 de julho.

Agora, o que se seguiria desta aventura? E, especialmente em relação a mim mesmo, qual seria o seu fim?

Eu disse que no momento em que acordei do meu estranho sono, o Terror me pareceu completamente imóvel. Não podia estar enganado; qualquer que tivesse sido seu método de progresso, eu deveria ter sentido algum movimento, mesmo no ar. Eu estava deitado no meu beliche na cabine, onde eu tinha sido fechado sem saber, assim como tinha estado na noite anterior que eu tinha passado a bordo do Terror no Lago Erie.

Meu negócio agora era saber se eu poderia ir para o convés aqui onde a máquina havia pousado. Eu tentei levantar a gaiuta. Ela estava presa.

"Ah," eu disse, "vou ficar aqui até o Terror recomeçar suas viagens?" Não foi, de fato, o único momento em que a fuga era impossível?

Minha impaciência e ansiedade podem ser apreciadas. Eu não sabia por quanto tempo este aprisionamento poderia continuar.

Eu não tinha um quarto de hora para esperar. Um barulho de barras sendo removidas veio ao meu ouvido. A gaiuta foi levantada de cima. Uma onda de luz e ar penetrou em minha cabine.

Com um salto cheguei ao convés. Meus olhos em um instante percorreram o horizonte.

O Terror, como eu havia pensado, descansava em silêncio no chão. Ele estava no meio de um buraco rochoso medindo de quatro a cinco metros de circunferência. Um chão de cascalho amarelo atacava toda a sua extensão, sem ser aliviado por um único tufo de erva.

Esta cratera formava um oval quase regular, com seu maior diâmetro estendendo-se para norte e sul. Quanto à parede ao redor, qual era sua altura, qual o caráter de sua crista, eu não podia julgar. Acima de nós estava reunido um nevoeiro tão pesado, que os raios do sol ainda não o haviam perfurado. Caminhos de nuvens pesadas se precipitavam pelo chão arenoso, sem dúvida a manhã ainda era jovem, e essa névoa poderia mais tarde ser dissolvida.

Estava muito frio ali, embora este fosse o primeiro dia de agosto. Concluí, portanto, que deveríamos estar longe no norte, ou então bem acima do nível do mar. Ainda deveríamos estar em algum lugar do Novo Continente; embora, onde, era impossível supor. No entanto, por mais rápido que tenha sido o nosso voo, o Terror não poderia ter atravessado nenhum dos dois oceanos na dúzia de horas desde a nossa partida de Niágara.

Neste momento, vi o capitão vindo de uma abertura nas rochas, provavelmente uma gruta, na base deste penhasco escondido no nevoeiro. Ocasionalmente, nas brumas acima, apareciam as sombras de pássaros enormes. Seus gritos raivosos eram a única interrupção para o silêncio profundo. Quem sabe se não se assustaram com a chegada desse formidável monstro alado, ao qual não podiam corresponder nem em força nem em velocidade.

Tudo me levava a crer que era ali que o "Mestre do Mundo" se retirava, nos intervalos entre suas prodigiosas viagens. Aqui estava a garagem do seu automóvel; o porto do seu barco; o hangar do seu dirigível.

E agora o Terror estava imóvel no fundo deste buraco. Finalmente eu pude examiná-lo; e parecia que seus donos não tinham intenção de me impedir. A verdade é que o comandante parecia não notar mais a minha presença do que antes. Seus dois companheiros se juntaram a ele, e os três não hesitaram em entrar juntos na gruta que eu havia visto. Que oportunidade de estudar a máquina, pelo menos o seu exterior! Quanto às suas partes interiores, provavelmente eu nunca deveria ir além das conjecturas.

Na verdade, com exceção da minha cabine, as gaiutas estavam fechadas; e seria inútil para mim tentar abri-las. De qualquer forma, poderia ser mais interessante descobrir que tipo de hélice impulsionava o Terror nessas muitas transformações.

Pulei para o chão e descobri que fui deixado à vontade, para prosseguir com este primeiro exame.

A máquina tinha o formato de um fuso, como eu disse. A proa era mais afiada que a popa. O corpo era de alumínio, as asas de uma substância cuja natureza eu não consegui determinar. O corpo repousava sobre quatro rodas, com cerca de sessenta centímetros de diâmetro. Estas tinham pneus tão grossos que asseguravam a facilidade de movimento em qualquer velocidade. Seus raios se espalham como remos ou raquetes de batalha; e quando o Terror se movia sobre ou debaixo d'água, elas deveriam aumentar seu ritmo.

Estas rodas, no entanto, não eram a hélice principal. Esta consistia em duas turbinas "Parsons" colocadas de cada lado da quilha. Acionadas com extrema rapidez pelo motor, elas instigavam o barco para a frente na água por meio de parafusos duplos, e eu até me questionei se elas não eram suficientemente potentes para impulsionar a máquina através do ar.

O principal suporte aéreo, porém, era o das grandes asas, agora novamente em repouso, e dobrado para trás ao longo dos lados. Assim, a teoria da máquina voadora "mais pesada que o ar" foi empregue pelo inventor, um sistema que lhe permitia sobrevoar o espaço com uma velocidade provavelmente superior a das maiores aves.

Quanto ao agente que colocava em ação esses vários mecanismos, repito, não poderia ser outra coisa senão a eletricidade. Mas de que fonte estas baterias obtinham sua energia? A invenção teria algum posto elétrico para o qual voltar? Estariam os dínamos, talvez trabalhando em uma das cavernas dessa caverna oca?

O resultado do meu exame foi que, enquanto eu podia ver que a máquina usava rodas, hélices e turbinas, eu não sabia nada de seu motor, nem da força que a impulsionava. Com certeza, a descoberta deste segredo teria pouco valor para mim. Para empregá-la eu precisaria primeiro ser livre. E depois do que eu sabia - pouco como isso realmente era - o "Mestre do Mundo" jamais me libertaria.

Restava, é verdade, a chance de escapar. Mas será que uma oportunidade alguma vez se apresentaria? Se não pudesse haver nenhuma durante as viagens do Terror, poderia haver, enquanto ficássemos neste retiro?

A primeira questão a ser resolvida era sobre a localização desse buraco. Que comunicação havia com a região circunvizinha? Só se poderia partir dela por uma máquina voadora? E em que parte dos Estados Unidos estávamos nós? Não era razoável estimar, que nosso voo através da escuridão tinha coberto várias centenas de quilômetros?

Havia uma hipótese muito natural que merecia ser considerada, se não aceita de fato. Que outro porto natural poderia haver para o Terror além do Great Eyrie? Seria um voo muito difícil para o nosso aviador alcançar o cume? Não poderia ele voar para qualquer lugar que os abutres e as águias pudessem? Será que aquele inacessível Eyrie não oferecia ao "Mestre do Mundo" apenas um retiro como a nossa polícia não tinha conseguido descobrir, um em que ele poderia muito bem acreditar estar a salvo de todos os ataques? Além disso, a distância entre Niagara Falls e esta parte das Montanhas Blue Ridge, não excedia setecentos e vinte quilômetros - um voo que teria sido fácil para o Terror.

Sim, essa ideia cada vez mais se apoderou de mim. E isso atraiu uma centena de outras sugestões sem suporte. Isso não explicava a natureza do vínculo que existia entre o Great Eyrie e a carta que eu havia recebido com as iniciais do nosso comandante? E as ameaças contra mim se eu renovasse a ascensão! E a espionagem a que eu tinha sido submetido! E todos os fenômenos de que o Great Eyrie tinha sido teatro, não deveriam ser atribuídos a essa mesma causa - embora o que estava por trás dos fenômenos ainda não estivesse claro? Sim, o Great Eyrie! O Great Eyrie!

Mas como tinha sido impossível para mim penetrar aqui, não

seria igualmente impossível para mim sair de novo, a não ser sobre o Terror? Ah, se a névoa só levantasse! Talvez eu devesse reconhecer o lugar. O que ainda era uma mera hipótese, tornar-se-ia um ponto de partida para agir.

Entretanto, como eu tinha liberdade para me movimentar, já que nem o capitão nem seus homens me prestavam atenção, resolvi explorar o buraco. Os três estavam todos na gruta, na direção do extremo norte do oval. Portanto, eu começaria a minha inspeção no extremo sul.

Alcançando a parede rochosa, contornei sua base e a encontrei quebrada por muitas fendas; acima, surgiram rochas mais sólidas daquele feldspato do qual a cadeia dos Allegheny consiste em grande parte. Até que altura a parede rochosa subia, ou qual era o caráter de seu cume, ainda era impossível de se ver. Eu deveria esperar até que o sol tivesse espalhado as brumas.

Enquanto isso, continuei a seguir ao longo da base do penhasco. Nenhuma de suas cavidades parecia se estender para dentro, a qualquer distância. Várias delas continham destroços da mão do homem, pedaços de madeira quebrada, pilhas de grama seca. No chão ainda restavam as pegadas que o capitão e seus homens deixaram - talvez meses antes - sobre a areia.

Meus carcereiros, sem dúvida muito ocupados em sua cabine, não apareceram antes de organizar e empacotar vários fardos grandes. Eles pretendiam levar aqueles a bordo do Terror? E eles estavam fazendo as malas com a intenção de deixar permanentemente seu retiro?

Em meia hora minhas explorações foram concluídas e eu voltei para o centro. Aqui e ali estavam amontoadas pilhas de cinzas, branqueadas pelo tempo. Havia fragmentos de tábuas e vigas queimadas; postes em que se agarrava o ferro enferrujado;

armaduras de metal torcido pelo fogo; todos os restos de algum intrincado mecanismo destruído pelas chamas.

Claramente, em algum momento não muito remoto, a cratera tinha sido cenário de uma conflagração, acidental ou intencional. Naturalmente, liguei isso aos fenômenos observados no Great Eyrie, as chamas que se elevavam acima da crista, os ruídos que haviam assustado tanto o povo de Pleasant Garden e Morganton. Mas de que mecanismos eram estes fragmentos, e que motivo tinha o nosso capitão para destruí-los?

Nesse momento senti um sopro de ar; uma brisa veio do leste. O céu se desobstruiu rapidamente. O buraco se encheu com a luz dos raios do sol que apareciam a meio caminho entre o horizonte e o zênite.

Um grito me escapou! A crista da parede rochosa se erguia a cem metros acima de mim. E no lado oriental me foi revelado o pináculo facilmente reconhecível, a rocha como uma águia montada. Era a mesma que havia prendido a atenção do Sr. Elias Smith e de mim mesmo, quando olhamos para ela do lado de fora do Great Eyrie.

Assim, não havia mais dúvidas. Em seu voo noturno, a aeronave havia percorrido a distância entre o Lago Erie e a Carolina do Norte. Era na profundidade do Great Eyrie que a máquina encontrava abrigo! Este era o ninho, digno do gigantesco e poderoso pássaro criado pelo gênio do nosso capitão! A fortaleza cujas poderosas muralhas nada mais podiam fazer do que escalar! Talvez até mesmo ele tivesse descoberto no fundo de alguma caverna, alguma passagem subterrânea pela qual ele mesmo poderia abandonar o Great Eyrie, deixando o Terror abrigado em segurança dentro dele.

Finalmente eu vi tudo isso! Isto explicava a primeira carta que me foi enviada do próprio Great Eyrie com a ameaça de morte. Se tivéssemos conseguido penetrar nesse buraco, quem sabe se os segredos do "Mestre do Mundo" não teriam sido descobertos antes que ele tivesse sido capaz de colocá-los fora do nosso alcance?

Eu estava ali, imóvel; meus olhos fixos naquela águia de pedra montada, preso a uma emoção repentina e violenta. Quaisquer que fossem as consequências para mim, não era meu dever destruir essa máquina, aqui e agora, antes que ela pudesse retomar seu ameaçador voo de domínio através do mundo!

Passos se aproximaram atrás de mim. Eu me virei. O inventor estava ao meu lado, olhando em meu rosto.

Eu não consegui me conter; as palavras explodiram: "O Great Eyrie! O Great Eyrie!"

"Sim, Inspetor Strock."

"É você! Você é o 'Mestre do Mundo'?"

"Desse mundo ao qual já provei ser o mais poderoso dos homens."

"O senhor!" reiterei, perplexo.

"Eu," respondeu ele, desenhando-se em todo o seu orgulho, "eu, Robur - o Conquistador!"

CAPÍTULO 16. ROBUR, O CONQUISTADOR

Robur, o Conquistador! Esta era então a semelhança que eu havia vagamente lembrado. Alguns anos antes, o retrato deste homem extraordinário havia sido impresso em todos os jornais americanos, sob a data de 13 de junho, um dia depois que este personagem havia feito sua sensacional aparição na reunião do Instituto Weldon, na Filadélfia.

Eu havia notado o caráter marcante do retrato na época; os ombros quadrados; as costas como um trapézio regular, seu lado mais longo formado por aquela linha geométrica de ombros; o pescoço robusto; a enorme cabeça esferoidal. Os olhos no mínimo emocionados, queimando em fogo, enquanto acima deles estavam as sobrancelhas pesadas, permanentemente contraídas, o que significava tal energia. Os cabelos eram curtos e nítidos, com um brilho como o do metal em suas luzes. O enorme peito subia e caía como uma forja de ferreiro; e as coxas, os braços e as mãos, eram dignos do corpo poderoso. A barba também era a mesma, com as bochechas raspadas suavemente, o que mostrava os poderosos músculos da mandíbula.

E este era Robur, o Conquistador, que agora estava diante de mim, que se revelou para mim, lançando seu nome como uma ameaça, dentro de sua própria fortaleza impenetrável!

Permitam-me recordar brevemente os fatos que anteriormente

haviam atraído a atenção do mundo inteiro para Robur, o Conquistador. O Instituto Weldon era um clube dedicado à aeronáutica, sob a presidência de um dos principais personagens da Filadélfia, comumente chamado de Uncle Prudent. Seu secretário era o Sr. Phillip Evans. Os membros do instituto eram dedicados à teoria da máquina "mais leve que o ar"; e sob seus dois líderes estavam construindo um enorme balão dirigível, o "Alvorecer".

Em uma reunião em que discutiam os detalhes da construção de seu balão, esse desconhecido Robur apareceu de repente e, ridicularizando todos os seus planos, insistiu que a única solução verdadeira de voo era com as máquinas mais pesadas que o ar, e que ele tinha provado isso construindo uma.

Ele, por sua vez, foi duvidado e ridicularizado pelos membros do clube, que o chamaram de "Robur, o Conquistador". No tumulto que se seguiu, foram disparados tiros de revólver; e o intruso desapareceu.

Naquela mesma noite, ele havia raptado à força o presidente e o secretário do clube, e os havia levado, muito contra sua vontade, em uma viagem no maravilhoso dirigível, o "Albatroz", que ele havia construído. Ele queria assim provar-lhes, além de argumentos, a exatidão de suas afirmações. Este navio, de cem metros de comprimento, era sustentado no ar por um grande número de hélices horizontais e era impulsionado para frente por hélices verticais na proa e na popa. Era gerenciado por uma tripulação de pelo menos meia dúzia de homens, que pareciam absolutamente dedicados ao seu líder, Robur.

Após uma viagem quase completa ao redor do mundo, o Sr. Prudent e o Sr. Evans conseguiram escapar do Albatroz após uma luta desesperada. Eles até conseguiram causar uma explosão no dirigível, destruindo-o, e envolvendo o inventor e toda sua tripulação em uma terrível queda do céu em direção ao Oceano Pacífico.

O Sr. Prudent e o Sr. Evans então retornaram à Filadélfia. Eles souberam que o Albatroz tinha sido construído em uma ilha desconhecida do Pacífico chamada Ilha X; mas como a localização desse esconderijo era totalmente desconhecida, sua descoberta mal se encontrava dentro dos limites da possibilidade. Além disso, a busca parecia inteiramente desnecessária, pois os prisioneiros vingativos estavam bastante certos de que haviam destruído seus carcereiros.

Assim, os dois milionários, restaurados em suas casas, continuaram calmamente com a construção de sua própria máquina, o Alvorecer. Esperavam, por meio dela, subir mais uma vez nas regiões que haviam atravessado com Robur, e provar para si mesmos que sua máquina "mais leve do que o ar" era pelo menos igual ao Albatroz pesado. Se eles não tivessem persistido, não teriam sido verdadeiros americanos.

No dia 20 de abril do ano seguinte, o Alvorecer foi concluído e a subida foi feita, a partir do Fairmount Park, na Filadélfia. Eu mesmo estava lá com milhares de outros espectadores. Vimos o enorme balão subir graciosamente; e, graças às suas poderosas hélices, ele manobrou em todas as direções com surpreendente facilidade. De repente, um grito foi ouvido, um grito repetido de mil gargantas. Outro dirigível tinha aparecido nos céus distantes e agora se aproximava com uma velocidade maravilhosa. Era outro Albatroz, talvez até superior ao primeiro. Robur e seus homens haviam escapado da morte no Pacífico e, ardendo de vingança, haviam construído um segundo dirigível em sua secreta Ilha X.

Como uma gigantesca ave de rapina, o Albatroz atirou-se sobre o Alvorecer. Sem dúvida, Robur, enquanto se vingava também desejava provar a incomensurável superioridade dos mais pesados que as máquinas aéreas.

O Sr. Prudent e o Sr. Evans se defenderam o melhor que puderam. Sabendo que seu balão não tinha nada parecido com a velocidade horizontal do Albatroz, eles tentaram tirar vantagem de sua leveza superior e elevar-se acima do concorrente. O Alvorecer, jogando fora todo o seu lastro, subiu a uma altura de mais de seis mil metros. Mas mesmo ali, o Albatroz subiu acima, e circulou em volta do adversário com facilidade.

De repente, uma explosão foi ouvida. O enorme saco de gás do Alvorecer, expandindo-se sob a dilatação do seu conteúdo a esta grande altura, havia finalmente explodido.

Meio esvaziado, o balão caiu rapidamente.

Então, para o espanto universal, o Albatroz foi atrás de seu rival, não para terminar o trabalho de destruição, mas para fazer o resgate. Sim! Robur, esquecendo sua vingança, alcançou o Alvorecer, e seus homens resgataram o Sr. Prudent, o Sr. Evans, e o aeronauta que os acompanhava. Em seguida, o balão, totalmente vazio, caiu em destruição entre as árvores do Fairmount Park.

O público ficou perplexo, assombrado, com medo! Agora que Robur havia recapturado seus prisioneiros, como ele se vingaria? Será que eles se deixariam levar, desta vez, para sempre?

O Albatroz continuou a descer, como se pousasse na clareira do Fairmount Park. Mas se estivesse ao seu alcance, a multidão enfurecida não se atiraria sobre o dirigível, despedaçando tanto ele quanto seu inventor?

O Albatroz desceu a menos de dois metros do chão. Lembro-me bem do movimento geral de avanço com que a multidão ameaçou atacá-lo. Então a voz de Robur ressoou em palavras que mesmo agora eu posso repetir quase como ele disse:

"Cidadãos dos Estados Unidos, o presidente e o secretário do Instituto Weldon estão novamente em meu poder. Ao mantê-los prisioneiros eu estaria apenas exercendo meu direito natural de represália pelos ferimentos que eles me fizeram. Mas a raiva e o ressentimento que foram despertados tanto neles quanto em vocês pelo sucesso do Albatroz, mostram que as almas dos homens ainda não estão prontas para o vasto aumento de poder que a conquista do ar lhes trará. Uncle Prudent, Phillip Evans, vocês estão livres."

Os homens resgatados do balão saltaram para o chão. O dirigível subiu uns trinta metros fora do alcance, e Robur recomeçou:

"Cidadãos dos Estados Unidos, a conquista do ar é feita; mas não será entregue nas vossas mãos até o momento apropriado. Eu parto, e carrego o meu segredo comigo. Não será perdido para a humanidade, mas será confiado ao mundo quando tiverem aprendido a não abusar dele. Adeus, Cidadãos dos Estados Unidos!"

Então o Albatroz levantou-se sob o impulso de suas poderosas hélices e se afastou em meio aos gritos da multidão.

Eu me aventurei a lembrar aos meus leitores desta última cena um pouco em detalhes, porque parecia revelar o estado de espírito do notável personagem que agora estava diante de mim. Aparentemente ele não havia sido animado por sentimentos hostis à humanidade. Contentava-se em esperar o futuro; embora sua atitude revelasse inegavelmente a confiança imensurável que tinha em sua própria genialidade. o imenso orgulho que seus poderes quase sobre-humanos haviam despertado dentro dele.

Não era de admirar, além disso, que essa altivez tivesse sido pouco a pouco agravada a tal ponto que ele agora presumia escravizar o mundo inteiro, como sua carta pública havia sugerido por suas significativas ameaças. Sua mente veemente havia sido despertada com o tempo para tal exagero que poderia facilmente ser levado aos excessos mais violentos.

Quanto ao que havia acontecido nos anos desde a última partida do Albatroz, só pude reconstruir isso em parte, mesmo com meu conhecimento atual. Não tinha sido suficiente o prodigioso inventor criar uma máquina voadora, perfeita como era! Ele havia planejado construir uma máquina que pudesse conquistar todos os elementos de uma só vez. Provavelmente nas oficinas da Ilha X, um seleto corpo de operários dedicados construiu, um a um, as peças dessa máquina maravilhosa, com sua quádrupla transformação. Então o segundo Albatroz deve ter levado essas peças para o Great Eyrie, onde foram colocadas juntas, dentro de um acesso mais fácil ao mundo dos homens do que a longínqua ilha havia permitido. O próprio Albatroz aparentemente tinha sido destruído, seja por acidente ou por projeto, dentro deste esconderijo. O Terror tinha então feito sua aparição nas estradas dos Estados Unidos e nas águas vizinhas. E eu disse sob que condições, depois de ter sido perseguido em vão através do Lago Erie, essa notável obra-prima havia se erguido pelo ar levando-me como prisioneiro a bordo.

CAPÍTULO 17. EM NOME DA LEI

Qual seria a questão desta notável aventura? Poderia eu levá-la a qualquer desenlace, mais cedo ou mais tarde? Será que Robur não assegurava os resultados totalmente em suas próprias mãos? Provavelmente eu nunca teria tal oportunidade de escapar como ocorreu com o Sr. Prudent e o Sr. Evans no meio das ilhas do Pacífico. Eu só podia esperar. E quanto tempo poderia durar a espera!

Certamente, minha curiosidade tinha sido parcialmente satisfeita. Mas mesmo agora eu sabia apenas a resposta para os problemas do Great Eyrie. Tendo penetrado em seu círculo, compreendi todos os fenômenos observados pelo povo das Montanhas Blue Ridge. Tinha certeza de que nem o povo do campo em toda a região, nem o povo de Pleasant Garden e Morganton estavam em perigo de erupções vulcânicas ou terremotos. Não havia forças subterrâneas que lutassem dentro das entranhas das montanhas. Nenhuma cratera havia surgido neste canto do Allegheny. O Great Eyrie serviu apenas como o retiro de Robur, o Conquistador. Este esconderijo impenetrável onde ele guardava seus materiais e provisões, sem dúvida havia sido descoberto por ele durante uma de suas viagens aéreas no Albatroz. Era um retiro provavelmente ainda mais seguro do que aquele ainda não descoberto na Ilha X do Pacífico.

Isso eu sabia dele; mas dessa máquina maravilhosa dele, dos

segredos de sua construção e força propulsora, o que eu realmente sabia? Admitindo que esse mecanismo múltiplo era movido por eletricidade, e que essa eletricidade era, como sabíamos que tinha sido no Albatroz, extraída diretamente do ar ao redor por algum novo processo, quais eram os detalhes de seu mecanismo? Eu não tinha permissão para ver o motor; sem dúvida eu nunca deveria vê-lo.

Sobre a questão da minha liberdade eu argumentei assim: Robur, evidentemente, pretendia permanecer desconhecido. Quanto ao que ele pretendia fazer com sua máquina, temo, relembrando sua carta, que o mundo deveria esperar dela mais do mal do que do bem. Em todo caso, a incógnita que ele guardou com tanto cuidado no passado, ele deve querer preservar no futuro. Agora apenas um homem poderia estabelecer a identidade do "Mestre do Mundo" com "Robur, o Conquistador". Este homem era eu, seu prisioneiro - eu que tinha o direito de prendê-lo, eu, que deveria colocar minha mão em seu ombro, dizendo: "Em nome da Lei..."

Por outro lado, eu poderia esperar um resgate de fora? Evidentemente, não. As autoridades policiais devem saber tudo o que aconteceu em Black Rock Creek. O Sr. Ward, informado de todos os incidentes, teria raciocinado sobre o assunto da seguinte forma: Quando o Terror desistiu da enseada me arrastando no final de sua falange, ou eu tinha sido afogado ou, como meu corpo não tinha sido recuperado, eu tinha sido levado a bordo do Terror, e estava nas mãos de seu comandante.

No primeiro caso, não havia nada mais a fazer do que escrever "falecido" após o nome de John Strock, inspetor-chefe da Polícia Federal em Washington.

No segundo caso, os meus confrades poderiam esperar me ver novamente? Os dois torpedeiros que haviam perseguido o Terror no Rio Niágara haviam parado, forçosamente, quando a corrente ameaçou arrastá-los sobre as cataratas. Naquele momento, a noite estava se aproximando, e o que se poderia pensar a bordo dos destruidores senão que o Terror havia sido engolido no abismo da catarata? É muito improvável que nossa máquina tenha sido vista quando, em meio às sombras da noite, ela subiu acima das Cataratas Canadenses, ou quando se ergueu no alto das montanhas em sua rota para o Great Eyrie.

Em relação ao meu próprio destino, eu deveria me decidir a questionar Robur? Será que ele consentiria até mesmo em aparecer para me ouvir? Será que ele não se contentou em atirar em mim o seu nome? Não lhe pareceria esse nome para responder a tudo?

Aquele dia se desgastou sem trazer a mínima mudança para a situação. Robur e seus homens continuaram ativamente no trabalho sobre a máquina, que aparentemente precisava de reparos consideráveis. Eu concluí que eles pretendiam recomeçar muito em breve, e me levar com eles. Seria possível, no entanto, que eles me deixassem preso no fundo do Great Eyrie. Não haveria como escapar, e havia provisões suficientes para me manter vivo por muitos dias.

O que estudei particularmente durante esse período foi o estado mental de Robur. Ele me parecia sob o domínio de uma excitação contínua. O que seu cérebro, sempre em ebulição, estava meditando agora? Que projetos ele estava formando para o futuro? Para qual região ele se voltaria agora? Ele colocaria em execução as ameaças expressas em sua carta - as ameaças de um louco!

Na noite daquele primeiro dia, dormi sobre a grama seca em uma das grutas do Great Eyrie. Nesta gruta, no dia seguinte, foi servida comida para mim. Nos dias 2 e 3 de agosto, os três homens continuaram em seu trabalho, porém, sem trocar quaisquer palavras. Quando os motores foram todos reparados para a satisfação de Robur, os homens começaram a colocar provisões a bordo, como se esperassem uma longa ausência. Talvez o Terror estivesse prestes a atravessar distâncias imensas; talvez até o capitão pretendesse recuperar sua Ilha X, no meio do Pacífico.

Às vezes eu o via vagar pelo Great Eyrie enterrado em pensamentos, ou ele parava e levantava o braço em direção ao céu como se desafiasse aquele Deus com quem ele supunha dividir o império do mundo. Não era seu orgulho arrogante que o levava à insanidade? Uma insanidade que seus dois companheiros, pouco menos entusiasmados que ele, não podiam fazer nada para subjugar! Não teria ele chegado a considerar-se mais poderoso do que os elementos que tão audaciosamente havia desafiado, mesmo quando possuía apenas um dirigível, o Albatroz? E agora, quanto mais poderoso se tornava ele, quando a terra, o ar e a água se combinavam para lhe oferecer um campo infinito onde ninguém o poderia seguir!

Daí eu ter muito a temer do futuro, mesmo as catástrofes mais temíveis. Era impossível para mim escapar do Great Eyrie, antes de ser arrastado para uma nova viagem. Depois disso, como eu poderia escapar enquanto o Terror corria pelo ar ou pelo oceano? Minha única chance deveria ser quando ele cruzasse a terra em alguma velocidade moderada. Certamente uma esperança distante e débil a que se agarrar!

Será lembrado que após nossa chegada ao Great Eyrie, eu havia tentado obter alguma resposta de Robur, quanto ao seu propósito comigo; mas eu havia falhado. Neste último dia, fiz outra tentativa.

À tarde, andei para cima e para baixo diante da grande gruta onde meus captores estavam trabalhando. Robur, parado na entrada, me seguiu firmemente com seus olhos. Será que ele queria se dirigir a mim?

Fui até ele. "Capitão," disse eu, "já lhe fiz uma pergunta, que você não respondeu. Faço-a novamente: O que o senhor pretende fazer comigo?"

Ficamos cara a cara, a dois passos de distância. Com os braços cruzados, ele me olhou de relance, e eu fiquei aterrorizado com o seu olhar. Aterrorizado, essa é a palavra! O olhar não era o de um homem são. Na verdade, parecia não refletir nada da humanidade interior.

Eu repeti minha pergunta em um tom mais desafiador. Por um instante pensei que Robur quebraria seu silêncio e explodiria.

"O que você pretende fazer comigo? Você vai me libertar?"

Evidentemente, a mente do meu captor estava obcecada por algum outro pensamento, do qual eu só o havia distraído por um momento. Ele fez novamente aquele gesto que eu já havia observado; ele levantou um braço desafiador em direção ao zênite. Parecia-me como se alguma força irresistível o atraísse para aquelas zonas superiores do céu, que ele não pertencia mais à terra, que estava destinado a viver no espaço; um habitante perpétuo nas nuvens.

Sem me responder, sem parecer ter me entendido, Robur reentrou na gruta.

Não sabia quanto tempo duraria essa estada, ou melhor, esse relaxamento do Terror no Great Eyrie. Vi, no entanto, na tarde deste terceiro dia de agosto, que os reparos e o embarque dos equipamentos e mantimentos estavam concluídos. O porão e armários de nossa embarcação devem ter ficado completamente lotados com as provisões retiradas das grutas do Great Eyrie.

Então o chefe dos dois assistentes, um homem que agora reconheci como aquele John Turner que tinha sido companheiro do Albatroz, começou outro trabalho. Com a ajuda de seu companheiro, ele arrastou para o centro da cratera tudo o que restava de seus materiais, caixas vazias, fragmentos de carpintaria, peças peculiares de madeira que claramente deveriam ter pertencido ao Albatroz, que havia sido sacrificado a esse novo e mais poderoso motor de locomoção. Sob esta massa havia uma grande quantidade de gramíneas secas. Veio-me à cabeça que Robur estava se preparando para deixar este retiro para sempre!

Na verdade, ele não podia ignorar que a atenção do público estava agora fortemente fixada no Great Eyrie; e que era provável que mais alguma tentativa fosse feita para penetrar ali. Ele não deveria temer que um dia ou outro, o esforço seria bem-sucedido e que os homens invadiriam o seu esconderijo? Não desejaria ele que estes homens não encontrassem uma única evidência de sua ocupação?

O sol desapareceu por trás das cristas do Blue Ridge. Seus raios agora iluminavam apenas o cume de Black Dome que se elevava no noroeste. Provavelmente o Terror esperava apenas a noite para começar seu voo. O mundo ainda não sabia que o automóvel e o barco também poderiam se transformar em uma máquina voadora. Até agora, ele nunca tinha sido visto no ar. E não seria esta quarta transformação cuidadosamente escondida, até o dia em que o "Mestre do Mundo" optasse por colocar em execução suas ameaças insensatas?

Por volta das nove horas, uma profunda obscuridade envolveu o buraco. Nem uma estrela nos olhava acima. Nuvens pesadas impulsionadas por um vento agudo do leste cobriam o céu inteiro. A passagem do Terror seria invisível, não apenas em nossa vizinhança imediata, mas provavelmente em todo o território americano e até mesmo nos mares adjacentes.

Neste momento Turner, aproximando-se da imensa pilha no meio do Great Eyrie, incendiou a grama por baixo.

Toda a massa se incendiou de uma só vez. Do meio de uma densa fumaça, as chamas rugindo subiram a uma altura que se elevava acima das paredes do Great Eyrie. Mais uma vez o bom povo de Morganton e Pleasant Garden acreditaria que a cratera havia se reaberto. Estas chamas anunciariam a eles mais uma revolta vulcânica.

Eu assisti à conflagração. Ouvi os rugidos e crepitações que enchiam o ar. Do convés do Terror, Robur também assistiu.

Turner e seu companheiro empurraram de volta para o fogo os fragmentos que a violência das chamas lançava. Pouco a pouco a enorme fogueira foi diminuindo. As chamas afundaram em uma mera massa de cinzas queimadas; e mais uma vez tudo foi silêncio e noite mais negra.

De repente eu me senti tomado pelo braço. Turner me atraiu em direção ao Terror. A resistência teria sido inútil. E além disso, o que poderia ser pior do que ser abandonado sem recursos nesta prisão cujos muros eu não poderia escalar?

Assim que pus os pés no convés, Turner também embarcou. Seu companheiro foi à frente para a vigia; Turner desceu até a sala dos motores, iluminado por lâmpadas elétricas, das quais não escapava um brilho do lado de fora.

O próprio Robur estava ao leme, o regulador ao alcance da mão, para que pudesse controlar nossa velocidade e nossa direção. Quanto a mim, fui forçado a descer em minha cabine, e a escotilha foi trancada acima de mim. Durante aquela noite, como na da nossa saída do Niágara, não me foi permitido observar os movimentos do Terror.

No entanto, se eu não via nada do que estava passando a bordo, podia ouvir os ruídos das máquinas. Primeiro tive a sensação de que nossa embarcação, sua proa levemente levantada, perdera contato com a terra. Seguiram-se alguns balanços no ar. Depois as turbinas por baixo giraram com prodigiosa rapidez, enquanto as grandes asas bateram com regularidade constante.

Assim o Terror, provavelmente para sempre, havia deixado o Great Eyrie, e havia se lançado no ar como um navio se lança nas águas. Nosso capitão subiu acima da dupla corrente do Allegheny, e sem dúvida permaneceria nas zonas superiores do ar até deixar toda a região montanhosa para trás.

Mas em que direção ele iria virar? Passaria em voo através das planícies da Carolina do Norte, em busca do Oceano Atlântico? Ou iria em direção ao oeste para alcançar o Pacífico? Talvez ele procuraria, ao sul, as águas do Golfo do México. Quando o dia chegasse, como deveria reconhecer em que mar estávamos, se o horizonte de água e céu nos rodeava de todos os lados?

Várias horas se passaram; e quanto tempo me pareceu! Não fiz nenhum esforço para encontrar o esquecimento durante o sono. Pensamentos selvagens e incoerentes me assaltaram. Senti-me varrido por mundos de imaginação, como fui varrido pelo espaço, por um monstro aéreo. Em que velocidade o Terror operava? Para onde eu poderia ser levado durante esta noite interminável? Recordei a inacreditável viagem do Albatroz, da qual o Instituto Weldon tinha publicado um relato, como descrito pelo Sr. Prudent e pelo Sr. Evans. O que Robur, o Conquistador, havia feito com seu primeiro dirigível, ele poderia fazer ainda mais prontamente com esta máquina quádrupla.

Os primeiros raios de luz do dia abrilhantaram longamente a minha cabine. Será que eu teria permissão para sair agora, para tomar meu lugar no convés, como tinha feito no Lago Erie?

Eu empurrei a gaiuta: ela se abriu. Saí pela metade do caminho, no convés.

Tudo era céu e mar. Flutuávamos no ar sobre um oceano, a uma altura que eu julgava ser de trezentos ou quatrocentos metros. Eu não consegui ver Robur, então ele provavelmente estava na casa das máquinas. Turner estava no leme, seu companheiro de vigia.

Agora que eu estava no convés, vi o que eu não tinha conseguido ver durante nossa viagem noturna anterior: a ação daquelas asas poderosas que batiam em ambos os lados ao mesmo tempo em que as hélices giravam sob os flancos da máquina.

Pela posição do sol, enquanto ele se montava lentamente desde o horizonte, percebi que estávamos avançando em direção ao sul. Portanto, se essa direção não tivesse sido mudada durante a noite, era o Golfo do México que estava abaixo de nós.

Um dia quente foi anunciado pelas pesadas nuvens lívidas que se agarravam ao horizonte. Estes avisos de uma tempestade não escaparam do olhar de Robur quando, por volta das oito horas, ele entrou no convés e tomou o lugar de Turner no leme. Talvez o banco de nuvens tenha lembrado para ele sobre a tempestade na qual o Albatroz havia sido quase destruído, ou o poderoso ciclone do qual ele havia escapado apenas como por um milagre acima do Mar Antártico.

É verdade que as forças da Natureza, que tinham sido demasiadas fortes para o Albatroz, poderiam facilmente ser evitadas por essa máquina mais leve e versátil. Ela poderia abandonar o céu onde os elementos estavam em batalha e descer à superfície do mar; e se as ondas batessem contra ela com muita força, ela poderia sempre encontrar calma nas tranquilas profundezas.

Sem dúvida, porém, houve alguns sinais pelos quais Robur, que deve ser experimentado no julgamento, decidiu que a tempestade não iria estourar até o dia seguinte.

Ele continuou seu voo; e à tarde, quando nos acomodamos na superfície do mar, não havia sinais de mau tempo. O Terror é um pássaro marinho, um albatroz ou fragata, que pode descansar à vontade sobre as ondas!

Todo o vasto oceano ao nosso redor estava vazio. Nem uma vela nem uma trilha de fumaça era visível, mesmo nos limites do horizonte. Daí nossa passagem através das nuvens não ter sido vista e sinalizada adiante.

A tarde não foi marcada por nenhum incidente. O Terror avançou em velocidade fácil. O que seu capitão pretendia fazer, eu não conseguia adivinhar. Se ele continuasse nessa direção, deveríamos alcançar alguma das Índias Ocidentais, ou mais além, no final do Golfo, na costa da Venezuela ou da Colômbia. Mas quando a noite chegasse, talvez subíssemos novamente no ar para desobstruir a barreira montanhosa da Guatemala e Nicarágua, e voar em direção à Ilha X, em algum lugar das regiões desconhecidas do Pacífico.

Chegou a noite. O sol afundou em um horizonte vermelho como sangue. O mar brilhou ao redor do Terror, que parecia levantar uma chuva de faíscas em sua passagem. Havia uma tempestade à mão. Evidentemente o nosso capitão pensava assim. Ao invés de poder permanecer no convés, fui obrigado a reentrar em minha cabine, e a escotilha foi fechada acima de mim.

Em poucos momentos, a partir dos ruídos que se seguiram, eu soube que a máquina estava prestes a ser submersa. Na verdade, cinco minutos depois, estávamos avançando tranquilamente através das profundezas do oceano.

Totalmente desgastado, menos pela fadiga que pela excitação e pelo pensamento ansioso, caí em um sono profundo, natural desta vez e não provocado por nenhuma droga soporífera. Quando acordei, após um longo período que não pude contar, o Terror ainda não havia retornado à superfície do mar.

Esta manobra foi executada um pouco mais tarde. A luz do dia furou minha vigia; e no mesmo momento senti o arremesso a que fomos submetidos por um mar pesado.

Fui autorizado a tomar meu lugar mais uma vez fora da escotilha; onde meu primeiro pensamento foi para o tempo. Aproximava-se uma tempestade vinda do noroeste. Relâmpagos vívidos se lançavam em meio às densas nuvens negras. Já podíamos ouvir o estrondo de trovões ecoando continuamente pelo espaço. Fiquei surpreso - mais que surpreso, assustado! - pela rapidez com que a tempestade subiu em direção ao auge. Raramente um navio teria tido tempo de enrolar as velas para escapar do choque da explosão, antes que ela estivesse sobre ele! O avanço foi tão rápido quanto terrível.

De repente, o vento se acorrentou com uma violência inaudita, como se de improviso tivesse explodido desta prisão de nuvens. Em um instante, um mar assustador se ergueu. As ondas quebrando, espumando ao longo de todas as suas cristas, varreram com todo o seu peso sobre o Terror. Se eu não estivesse firmemente preso contra o trilho, teria sido varrido para o mar!

Só havia uma coisa a fazer - transformar nossa máquina novamente em um submarino. Ele encontraria segurança e calma a algumas dezenas de metros abaixo da superfície. Continuar a bravar a fúria deste mar ultrajante era impossível.

O próprio Robur estava no convés, e eu esperava a ordem para voltar à minha cabine - uma ordem que não foi dada. Não havia sequer preparação para o mergulho. Com um olho mais ardente do que nunca, impassível diante desta terrível tempestade, o capitão encarou-a de frente, como que para desafiá-la, sabendo que nada tinha a temer.

Era imperativo que o Terror mergulhasse por baixo sem perder um momento. Mas Robur parecia não ter pensado em fazer isso. Não! Ele preservou sua atitude altiva como de um homem que, em seu imensurável orgulho, acreditava em si mesmo acima ou além da humanidade.

Ao vê-lo assim, perguntei-me com um espanto quase supersticioso, se ele não era de fato um ser demoníaco que escapou de algum mundo sobrenatural.

Um grito saltou de sua boca, e foi ouvido em meio aos gritos da tempestade e aos uivos dos trovões: "Eu sou Robur! O Mestre do Mundo!"

Ele fez um gesto que Turner e seus companheiros entenderam. Era uma ordem; e sem hesitação esses homens infelizes, loucos como o seu mestre, obedeceram-lhe.

As grandes asas dispararam, e o dirigível subiu como havia subido acima das quedas do Niágara. Mas se naquele dia escapara ao poder da catarata, desta vez foi em meio ao poder do furacão que tentamos nosso voo insensato.

A nave aérea subiu no coração do céu, em meio a mil relâmpagos, cercada e sacudida por trovões. Dirigia-se em meio às luzes ofuscantes e dardos, cortejando a destruição a cada instante.

A posição e a atitude de Robur não mudaram. Com uma mão no leme, a outra no regulador de velocidade, enquanto as grandes asas batiam furiosamente, ele se dirigiu para o centro da tempestade, onde os flashes elétricos saltavam de nuvem em nuvem.

Eu deveria me atirar sobre este louco para impedi-lo de dirigir sua máquina para o meio desta fornalha aérea! Deveria obrigá-lo a descer, a buscar sob as águas uma segurança que não era mais possível nem sobre a superfície do mar nem no céu! Por baixo, podíamos esperar até que esta espantosa explosão dos elementos estivesse no fim!

Então, em meio a essa excitação selvagem, minha própria paixão, todos os meus instintos de dever, surgiram dentro de mim! Sim, isto era uma loucura! Mas não deveria eu prender esse criminoso que o meu país havia banido, que ameaçava o mundo inteiro com a sua terrível invenção? Eu não deveria colocar minha mão no seu ombro e convocá-lo a entregar-se à justiça? Eu era ou não era Strock, inspetor-chefe da Polícia Federal? Esquecendo onde eu estava, um contra três, levantado em pleno céu acima de um oceano uivante, saltei em direção à popa, e numa voz que subiu acima da tempestade, clamei enquanto me atirava sobre Robur:

"Em nome da Lei, eu..."

De repente, o Terror tremeu como se tivesse recebido um choque violento. Toda a sua estrutura tremeu, como a estrutura humana treme sob o fluido elétrico. Atingida por um raio no meio de suas potentes baterias, esta máquina se espalhou por todos os lados e se desfez em pedaços.

Com suas asas caídas, suas hélices quebradas, com relâmpago após relâmpago disparando em meio às suas ruínas, o Terror caiu da altura de mais de trezentos metros no oceano abaixo.

Capítulo 18. O último comentário da governanta

Quando cheguei a mim mesmo depois de ficar inconsciente por muitas horas, um grupo de marinheiros cujos cuidados me devolveram a vida cercava a porta de uma cabine na qual eu estava deitado. Junto ao meu travesseiro estava sentado um oficial que me interrogava; e enquanto meus sentidos lentamente voltavam, eu respondia ao seu interrogatório.

Contei-lhes tudo. Sim, tudo! E com certeza meus ouvintes devem ter pensado que tinham em suas mãos um infeliz cuja razão não havia voltado com sua consciência.

Eu estava a bordo do vapor Ottawa, no Golfo do México, em direção ao porto de Nova Orleans. Este navio, enquanto viajava diante da mesma terrível tempestade que destruiu o Terror, havia encontrado alguns destroços, entre cujos fragmentos estava enredado meu corpo indefeso. Assim me encontrei novamente entre a humanidade, enquanto Robur, o Conquistador, e seus dois companheiros haviam terminado suas carreiras aventureiras nas águas do Golfo. O "Mestre do Mundo" havia desaparecido para sempre, atingido por aqueles trovões que ele ousara desafiar nas regiões de seu mais pleno poder. Levava consigo o segredo de sua extraordinária máquina.

Cinco dias depois, o navio Ottawa avistou as costas da Louisiana; e na manhã do dia 10 de agosto chegou ao seu porto. Depois de tirar uma licença quente dos meus resgatadores, parti imediatamente de trem para Washington, o que mais de uma vez eu havia pensado que nunca voltaria a ver.

Fui primeiro para o Departamento de Polícia, ou seja, para fazer minha primeira aparição diante do Sr. Ward.

Qual foi a surpresa, a estupefação, e também a alegria do meu chefe, quando a porta do seu gabinete se abriu revelando a mim! Será que ele não tinha todos os motivos para acreditar, pelo relato dos meus companheiros, que eu havia perecido nas águas do Lago Erie?

Eu o informei de todas as minhas experiências desde que eu tinha desaparecido, a perseguição dos torpedeiros no lago, a ascensão do Terror em meio ao Niagara Falls, a parada dentro da cratera do Great Eyrie, e a catástrofe, durante a tempestade, acima do Golfo do México.

Ele soube pela primeira vez que a máquina criada pelo gênio Robur podia atravessar o espaço, como fez em terra e mar.

Na verdade, a posse de uma máquina tão completa e maravilhosa não justificava o nome de "Mestre do Mundo", que Robur havia tomado para si? É certo que o conforto e até mesmo a vida do povo estariam para sempre em perigo com ele; e que todos os métodos de defesa seriam débeis e ineficazes.

Mas o orgulho que eu tinha visto crescer pouco a pouco no coração desse homem prodigioso o havia levado a dar igual batalha ao mais terrível de todos os elementos. Foi um milagre o fato de eu ter escapado são e salvo daquela terrível catástrofe.

O Sr. Ward mal pôde acreditar na minha história. "Bem, meu querido Strock," disse ele finalmente, "você voltou; e isso é o principal. Ao lado deste notório Robur, você será o homem do momento. Espero que sua cabeça não seja virada com vaidade, como a deste inventor louco."

"Não, Sr. Ward," respondi, "mas o senhor vai concordar comigo que nunca o homem inquisitivo foi colocado a maiores dificuldades para satisfazer a sua curiosidade."

"Eu concordo, Strock; e os mistérios do Great Eyrie, as transformações do Terror, o senhor os descobriu! Mas infelizmente, os segredos ainda maiores deste 'Mestre do Mundo' pereceram com ele."

Na mesma noite, os jornais publicaram um relato de minhas aventuras, cuja veracidade não podia ser posta em dúvida. Então, como o Sr. Ward havia profetizado, eu era o homem do momento.

Um dos jornais dizia: *"Graças ao Inspetor Strock, a polícia americana ainda lidera o mundo. Enquanto outros realizaram seu trabalho, com mais ou menos sucesso, por terra e por mar, a polícia americana se lança em perseguição aos criminosos através das profundezas dos lagos e oceanos e até mesmo através do céu."*

É fácil imaginar o acolhimento que a minha antiga governanta me deu quando entrei em minha casa na Long Street. Quando fiz minha aparição - a palavra não parece justa - parando diante dela, por um momento temi que ela caísse morta, pobre mulher! Então, depois de ouvir minha história, com os olhos marejados de lágrimas, ela agradeceu à Providência por ter me salvado de tantos perigos.

"Agora, senhor," disse ela, "eu estava errada?"

"Errada? Sobre o quê?"

"Ao dizer que o Great Eyrie era a casa do demônio."

"Bobagem; esse Robur não era o demônio!"

"Ah, bem," respondeu a velha mulher, "ele era digno de ser chamado assim!"

FIM.

Made in the USA
Las Vegas, NV
18 December 2022

63389834R00102